オーパーツ 死を招く至宝

OOPARTS
The treasure that brings death

蒼井 碧
PEKI AOI

宝島社

［目 次］

オーパーツ　死を招く至宝

装幀　菊池　祐（ライラック）
カバー画像　Shutterstock
扉イラスト　木村太亮

第一章

十三髑髏の謎

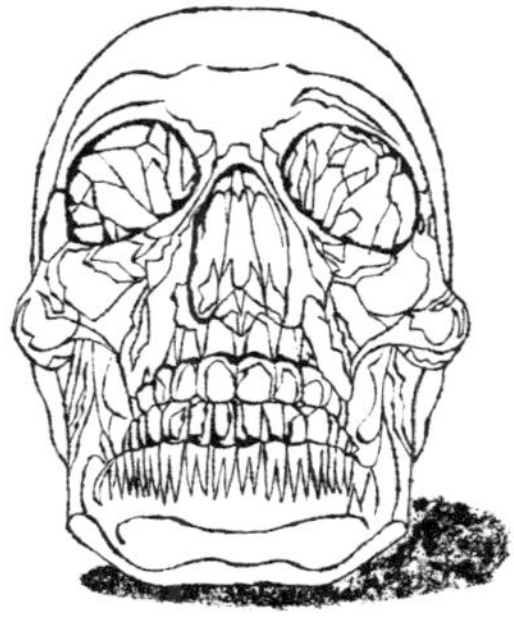

1

気が付けば、目の前に分身《ドッペルゲンガー》がいた。

などと言ってしまえば、語弊がある。

正確には、自分とまったく同じ顔をした人間が突如として目の前に現れた、とでも言い換えられるだろうか。

昼餉《ひるげ》の最中だった鳳水月《おおとりすいげつ》は、驚きのあまり危うく喉を詰まらせるところだった。

東京都内にあるS大学の学生食堂。昼時をだいぶ過ぎているせいか、いつもの賑わいはなく、フロアは閑散としている。座席などほかにいくらでもあるだろうに、わざわざ目の前に陣取った奇妙な男を水月はまじまじと見つめる。

ひょろりとした色白の優男だった。黒髪黒目。頭の天辺から靴の先まで、黒一色で統一しているせいか、肌の白さが余計に際立って見える。季節は春だというのに、漆黒の手袋を一分の隙《すき》もなくぴったりと両手に嵌《は》めている。たとえ葬式の行き帰りでも、ここまで黒に徹した衣装は纏《まと》うまい。

まさか死神じゃないだろうな、と警戒する水月を前にして、男の方も興味深そうな目でこちらの様子を窺《うかが》っていた。

とはいえ、男二人でいつまでも見つめ合っているわけにもいかない。気まずい沈黙に耐えられなくなった水月は、乾いた唇を無理やり引き剥がした。

「あんた——」

誰なんだ、そう言いかけた矢先、男は片手で水月を制すと、一方的に喋《しゃべ》り始めた。

「くくっ。大学なんて暇潰《つぶ》しにもならないと思っていたが、たまには顔を出してみるものだな。なるほど面白い。見れば見るほど瓜二つだ。人づての情報で正直疑っていたが、ここまでとはね。敢《あ》えて鑑定するまでもない。これは、O、O、P、A、R、T、S、だよ」

「はあ？」

「Doppelgänger——ドッペルゲンガー。ドイツ語で、ドッペルとは『二重』、ゲンガーとは『歩く者』を表す。要するに、自分の生き写しと出会ってしまうという一種の怪奇現象だな。それもとびきり曰《いわ》くつきの現象だ。知っているかい。ドッペルゲンガーを見てしまうことは、死を意味するという伝承がある。見た途端に死んでしまうケースもあれば、徐々に衰弱死していくケースまであるらしい。現に、ドイツの詩人であるゲーテ、米国大統領のリンカーン、日本の文豪である芥川龍之介《あくたがわりゅうのすけ》といった名立たる偉人が、死の間際、自らの分身を見ていたという都市伝説が存在するくらいだ。ドッペルゲンガーの真相は未だ解明されておらず、超常的な見解を除けば、脳の錯覚だとする説や、精神病の症状だとする説のほかにも、正真正銘、他人の空似だとする説まである。何でも、世界には自分と同じ顔をした人間が三人存在するそうだよ」

そこまで話すと、男は水月が使っている紙コップを摑《つか》み、何の遠慮も躊躇《ためら》いもなく中身を飲み干してしまった。傍若無人な振舞いに啞然《あぜん》とする水月に構わず、男はいまさらながらに名乗った。

「僕は古城深夜《こじょうしんや》だ。初めまして、鳳水月君。君も今年入学した一年生だろ？　よろしく頼むよ」

思わず、こちらこそ、という言葉が喉から出掛かったが、

「ちょっと待ってくれ。何で俺の名前を知っているんだ」

「さっきも言っただろう。人づてに聞いたんだよ。お前と同じ顔をした奴がいる、とね」

「それってつまり、あんたもこの大学の学生ってことか」

「不本意ながらね。何てことはない。家庭の事情ってやつさ。我が愛する御父上からの直々のお達しでね。お前が好き勝手やるのは構わんが、せめて大学くらいは卒業しろ、だとさ。国内序列一位のこの大学なら文句は言われまい、という不純な動機のもと、今年の四月から厄介になっている。いや、別段厄介になってはいないな。何せ入学してからというもの、今の今まで講義には一回も出ていないからね」

「余計なお世話かもしれないが、それで卒業できるのか」

「無理だろうな」

「随分と楽観的だな。策でもあるのかよ」

「ああ。とっておきの奴を、まさに今思いついた」

端正な顔を歪《ゆが》ませ、裏のありそうな笑みを浮かべた古城が囁《ささや》く。対する水月は嫌な予感しかしなかった。そして案の定、その予感は的中する。

「鳳――君が僕の代わりに講義に出て、試験を替え玉受験で突破すればいいんだ」

「お断りだ！　阿呆かお前！」

全力で拒絶すると、古城は「まあ、落ち着けよ」と紙コップを差し出してくる。興奮した水月は無意識に受け取ってしまい、そのまま口に付けて傾けるが、一滴の水も残っていなかった。ますます頭にきた水月は、「じゃあな」と立ち去ろうとしたが、

「――金なら出すぞ」

「……何だと？」

水月は探るような目で古城を見ながら、慎重に言葉を選ぶ。

「お前、俺が金で動くと思ってんのか？　馬鹿馬鹿しい。確かに俺は貧乏学生だけどよ、何も大金が欲しいってわけじゃない。最低限の生活さえできればそれでいい」

しかし、古城は頭の後ろで腕を組むと、仰々しく溜息《ためいき》を吐《つ》いた。

「別に隠すことはないだろう。こっちは、君がバイトをいくつも掛け持ちしていることだって

調査済みなんだ」

「……どこまで知っているんだ」

「僕としても、他人の個人的な事情には深入りしたくはないんだけどね。君が奨学金をもらいながら、一人で細々と暮らしていることぐらいは把握している」

「お前の目的は何なんだ」

「そんな怖い顔をしないでくれよ。自分の顔に睨《にら》まれるなんて、居心地悪いったらありゃしない。夢に出てきそうだ」

古城は心底嫌そうな顔で言った。水月は憮然とした態度のまま彼に答える。

「こっちは既にトラウマものだけどな。まさかドッペルゲンガーに詐欺を持ちかけられるなんて、それこそ悪い冗談だ」

「夢が膨らむな」

「馬鹿言え、命が縮むわ」

不覚にも水月は吹き出しそうになった。生き写しが目の前にいるせいか、不思議と会話のやり取りも鏡写しになっているような気がする。

興が乗った水月は身を乗り出すと、

「この大学の一コマは九十分だ。一コマ、一万五千円でどうだ?」

「ふん、時給換算一万円か。ちょっと高すぎないか？」

「金と時間は有限だろ。悪いけど俺は譲る気はないぜ。それに、こっちは留年どころか下手すりゃ退学なんだ」

「強情だな。まあ、それぐらいの気概がなければ僕の代役は務まらないだろう」

古城は、にやりと口端《こうたん》を吊り上げると、右手を差し出してきた。交渉成立だ。水月は迷わずその手を取った。

握手を終えると、古城は満足げな顔で頷《うなず》いた。

「上出来だ。今後のスケジュールは追って伝える。君にも君の講義があるだろうし、被《かぶ》らないようにしないとな。もちろん君が受けたい講義を優先してもらって構わない。必修科目の試験だけは僕が自分で受けよう。僕が欲しいのは単位。卒業さえできればそれでいい」

「そうさせてもらうよ。俺は大学に遊びに来ているわけじゃないからな」

水月がそう答えると、古城の切れ長の目が鋭く光る。

「へえ、何か夢でもあるのかい」

「夢ってほどでもないが……。昔から文章を書くことだけは好きだったんだ。卒業したら、記者にでもなろうかと考えてる」

「マスコミか」

喜んでいるのか、はたまた怒っているのか、古城は複雑な顔で頷く。

「僕にとっては最悪の天敵であり、最高の味方でもあるな。君にはぜひ後者であってほしいね」

「どういう意味だ」

水月が首を傾《かし》げると、古城は「よくぞ聞いてくれた」と指を鳴らした。

「マスコミは、僕の表稼業に深く関わってくるんだ」

「何だよ古城。お前、芸能人だったのか？」割と真面目な質問だったのだが、

「いや、違う」

あっさりと否定される。「じゃあ何だよ」と重ねて尋ねると、予想だにしていなかった答えが返ってきた。

「僕はね、鳳。世界を股にかける鑑定士なんだよ。それもただの鑑定士じゃあない。人呼んで――OOPARTS《オーパーツ》鑑定士。それこそが僕、古城深夜の真の姿だ」

「お、オーパーツ鑑定士ぃ？　何だそりゃ」

初めて耳にするその響きに、水月は眉を顰《ひそ》める。『OOPARTS鑑定士』。奇特な奴だとは理解できていたが、見込みが甘かったかもしれない。

水月はこの変人と関わりを持ってしまったことに、若干の後悔を感じ始めていた。

困惑を隠せない水月を見て、何を勘違いしたのか古城は得意げに、

「そんなに食いつかずとも教えてやるさ」と、片目を瞑《つぶ》った。

「日本に限らず、鑑定士の活躍の場は世界中、至るところに広がっている。そして彼らが専門とする分野も実に様々だ。不動産、美術品、精神、宝石、古書、家宝——鑑定を必要とする品々の数だけ、鑑定士もまた存在する。その中でも、僕は『Ｏｕｔ—Ｏｆ—Ｐｌａｃｅ—ＡＲＴｉｆａｃｔＳ』——通称ＯＯＰＡＲＴＳを専門とする、異端にして世界最高峰の鑑定士だ」

「せっかく説明してもらったのに悪いんだが」水月は引き攣《つ》った笑みを浮かべる。

「さっぱり分からん。もっと噛《か》み砕いて言ってくれ」

「そうだな、胡散《うさん》臭い物を調べる、胡散臭い奴とでも認識しておいてくれ」

「ああ……。それなら分かりやすいな」

どうやら自覚はあるようだった。これならまだ手の施しようがある、と水月は他人事《ひとごと》ながらに安堵《あんど》する。

「それにしても鑑定士ねぇ……。なあ古城、お前、何か特別な資格でも持ってたりするのか？」

「ああ。自慢じゃないが、古物商許可証を取得していてね。こと古物の営業取引にかけては、僕は国からその活動を認められていることになるな」

「ふ、ふざけんな！　何が『自慢じゃないが』だ。お前それ、金さえ払えば誰でも手に入れられる資格じゃねえか！　しかもせいぜい五千円かそこらだろ」

「知っていたのか、つまらない」古城は悪びれる素振りも見せず、しれっと言ってのけた。「参ったな。そのほかは大した資格じゃないからあまり言いたくはないんだが。例えば、ドイツ語検定一級、フランス語検定準一級、スペイン語検定一級――」

「分かった。もういい」

片手で頭を抱えながら、水月は首を振った。残念ながら、この男の両親は教育方針を誤ったらしい。何とかと天才は紙一重とはよく言ったものだ。否《いな》――両親を責めるのは筋違いだ。この古城深夜という男は、とても一般人に制御できるような器ではないのだろう。

「よお、古城先生」

「どうした、鳳君。そんなに改まって、気色悪いぞ」

「オーパーツって、たまにテレビとかで耳にするあれだろ？　超古代文明の遺産だとか、オーバーテクノロジーの産物だとかいう」

「博識だな。記者を目指しているだけのことはある」古城は上機嫌で頷くと、

「遥《はる》か古代、その時代の技術や知識では実現することが到底不可能だったはずの出土品を総称し、オーパーツ――英語圏ではウーパーツと発音されるが――直訳すると『場違いな工芸品』と呼ぶ。例えば、水晶を切り出して造られた頭蓋骨模型、ペルー南部のナスカ高原に広がる千点以上の地上絵、太平洋上に浮かぶイースター島に整列する人面石像、日本の沖縄県沖に沈む

与那国島《よなぐにじま》海底遺跡――これらは氷山の一角に過ぎない。超古代文明の産物か、異星人が残した遺物か、はたまた未来から送り込まれた供物《くもつ》なのか。その答えは、これほど科学が発達した今でも神秘のヴェールに包まれている」

古城は自らの台詞《せりふ》に酔っているかのように目を細めている。

「ただ一つ確かなのは、この世界にはまだ見ぬ数多《あまた》のオーパーツが眠っている、ということだ。そして僕の使命は一つ、未知なる芸術品の価値を見極め、それらをあるべき場所へと還《かえ》す。前人未到、前代未聞の大いなる偉業。僕は過去、現在、未来――森羅万象、すべての時間の渡航者であり、超越者なんだよ」

――こいつは本当に正気なのか？

水月はぽかんと口を開けたまま固まっていたが、

「で、でもオーパーツなんて結局は眉唾ものなんだろ？　蓋を開けてみれば、当時の技術でも実現可能だったと判明しただの、真っ赤な偽物だっただの、ろくな話を聞かないんだが……」

「まさにそれだな。僕がマスコミないし報道機関を快《こころよ》く思わない理由は」

古城は頬杖《ほおづえ》を突くと、気だるげに言った。

「ことオーパーツに関しては、彼らは単に刺激的な報道がしたいだけさ。情報の真偽は二の次にされる。より面白い解釈、より集客力のある解説。仕事柄、致し方のないことだとはいえ、金で測れない芸術品が金のために利用されるのは実に皮肉な話だし、業腹《ごうはら》だ」

「言いたいことは分かるが……。全部が全部、本物のオーパーツってわけでもないんだろ？」

「もちろんだ。最近だと、岩手県にある遺跡で興味深い土偶《どぐう》が発掘されたという話が舞い込んでね。さっそく現物を拝みに行くと、噂通り、前例のない形をした土偶だった。二人組の人形《ひとがた》土偶で、どちらにも男根が認められたから男性を模《かたど》った土偶であることは明白だった。ただ、驚いたことに一人が四つん這《ば》いになり、もう一人が仁王立ちになって相方の尻を責めていたんだ。僕は狂喜したね。こんな土偶は見たことがない。急いで鑑定、もとい調査に着手したんだが――」

狂喜ではなく狂気の間違いだろう。水月はげんなりした表情を隠そうともせず、

「それ、まともな話なのか？」

「羨ましいな、鳳。さすがの直感力だ。あの時の僕に、君の爪の垢《あか》でも煎《せん》じて飲ませてやりたいよ」

「で、どうなったんだ」

「調査の結果、盛岡市の風俗街でゲイバーを営む店長（男）が趣味で作ったものだと判明した。悪戯《いたずら》だったとしても悪質すぎる！」

憤慨したように答えた古城に、水月は大笑いする。

「ば、馬鹿じゃないのかお前！　そんな玩具《おもちゃ》――大人の玩具のためにわざわざ出張って、間抜けにもほどがある！　ははは！　駄目だ笑いが止まらん」

ひとしきり笑って満足した水月は、ぶすっとした表情の古城に言う。

「なるほどな。お前は講義に出る間も惜しんで、ガ、ラ、ク、タ鑑定に奔走している、ってことか」

「ガラクタとは失礼だな。だがまあ、そんなところだ」

古城は早口で答えると、左腕に嵌めた腕時計をちらりと見た。時計の盤面には、不可解な記号や紋様が躍っている。どこまでも奇天烈《きてれつ》な奴だ、と呆《あき》れる水月に、

「そろそろ僕は失礼するよ。こちらからまた連絡する。君は携帯を持っているか？」

「お前の好きな古代人じゃあるまいし、それくらい持ってるよ」

連絡先を交換すると、古城は「またな」と言い残して去っていった。ふと、一番肝心なことを聞いていなかった、と思い出した水月は、その後ろ姿に向けて叫ぶ。

「古城！　お前、学部は？」

オーパーツ鑑定士は振り返ることなく、片手をひらひらと振りながら答えた。

「君と同じ法学部だ」

2

結論から言うと、入れ替わりは二人が予想した以上に上手くいった。

何より古城が言っていた通り、彼がただの一度も講義に出なかったことが効いていたのかもしれない。学校側は欺《あざむ》けたとしても、学生の間で目立ってしまえば、風の噂で教授の耳に入る可能性もある。だが、古城曰く、自分たちのことを知っているのは彼が信用するごく一部の人間だけらしい。もはや古城は分身《ドッペルゲンガー》ではなく、幽霊《ゴースト》になりつつあった。

二つの学生証を使い分け、一人二役を演じる日々が一ヶ月ほど経《た》った頃だった。

大型連休を二日後に控《ひか》えた昼下がり。学生寮の一室で、レポートの締切に追われていた水月の携帯に着信があった。ディスプレイに表示された名前は『古城深夜』。水月は携帯を取って耳に押し当てた。たちまち、鼻に付くような美声が電話越しに聞こえてくる。

「久し振りだな、鳳」

「ああ。とはいっても、二週間ぐらいだけどな」

学生食堂での一件以来、二人はこまめに連絡を取り合っていたが、ここ二週間ほど音沙汰のない状態が続いていた。水月も、そろそろ様子を尋ねてみるか、と考えていた頃合いだったので手間が省けたことになる。

「古城。お前、今どこに居るんだ」

「つい昨日、カンボジアのプノンペンから戻ってきたところでね。メコン川上流にある洞窟から発掘された仏像を鑑定してきた。僕の鑑定歴においても、稀《まれ》に見る有意義な仕事だったよ」

「その話はまた今度、ゆっくりと聞かせてくれ。こっちは誰かさんのために、至急のレポート作成に励んでいるところだからな」

「お勤めご苦労。温和勤勉は日本人の美徳だな」

その理屈だとお前は日本人じゃなくなるぞ、という言葉を呑《の》み込み、水月は尋ねる。

「で、いったい何の用だったんだ。ただの近況報告ってわけじゃないんだろう?」

「さすが相棒。話が早くて助かる」古城は嘯《うそぶ》くと、

「なあ鳳、次の連休は空《あ》いているか」

少し考えてから答える。

「大丈夫、だとは思うが……」

「決まりだな。次の鑑定依頼に際して、僕はある大御所の所有する別荘に招かれていてね。一泊二日の滞在になるんだが、一人までなら同伴も認めてくれるらしい。そこでだ鳳。この機会に、君に僕の辣腕を直《じか》に見てもらおうかと思ってね。さて、どうする?」

どうする、と口では訊《き》きながらも、その口調には問答無用の響きがあった。水月は机の隅に

置かれた書類の束を眺める。少し根を詰めれば二日ほどで充分消化できる分量ではあった。それに、古城がどのように鑑定を行うのか、水月には多少なりとも興味があった。

「分かった。行くよ」

二つ返事で答えると、満足げな古城の声が返って来る。

「そう言ってくれると思ったよ。じゃあ二日後の午後六時半、今から教える住所に来てくれ。場所は――」

水月は伝え聞いた住所をメモすると、古城に尋ねる。

「ところで、その大御所って誰なんだ」

「その筋では有名な人さ。会ってのお楽しみだな」

わざわざ隠し立てする必要もないだろうに。水月は芝居がかった古城の返答に顔を顰《しか》めたが、続けざまに告げられた言葉に、ぎょっと目を見開いた。

「そうだな。じゃあ先に別荘の名前だけは教えておこう。その名も、『髑髏邸《どくろてい》』だ」

＊

狐火《きつねび》や　髑髏に雨の　たまる夜《よ》に――。

江戸時代の俳人、与謝蕪村《よさぶそん》が詠《よ》んだ句だ。冬の季語である狐火。揺らめく陽炎《かげろう》に照らされ、仄《ほの》かに浮かび上がる髑髏の影。凍《い》てつく氷雨《ひさめ》が頭蓋の内側に侵入し、徐々に水嵩《みずかさ》を増していく。やがて溢《あふ》れた水が、髑髏の眼窩《がんか》から流れ出し、さながら髑髏が泣いているかのような、怪しくもどこか儚《はかな》い幻を夢想させる。

古城に電話で指示された通り、水月は『髑髏邸』なる建物の前に立っていた。

東京から電車でおよそ二時間半。長野県の北部、青木湖《あおきこ》が見下ろせる絶好の場所に陣取っているその建物は、拍子抜けしたことに、髑髏邸などというおどろおどろしい名前に反し、至って普通の別荘だった。

二階層の一戸建て。外壁は艶やかな赤煉瓦《あかれんが》によって積み上げられ、その上を藍色の切妻屋根《きりづまやね》が覆っている。屋内から漏れ出ている柔らかな肌色の灯《あか》りと、落日間際の橙《だいだい》色の夕日とが混ざり合い、ただでさえ哀愁漂う外観を更に情緒的に染め上げていた。

水月は玄関口に立ち、呼び鈴を鳴らしてみた。少しして扉が開かれ、隙間から「遅かったな」という声と共によく知った顔が現れた。

「君で最後だ。ほかの招待客は既に全員揃《そろ》っているぞ。早く入れ」

「遠路遥々来たってのに、労《ねぎら》いの言葉もなしかよ」

恨み節を口にするが、古城はさっさと屋内に引っ込んでしまった。大きく息を吐いた水月は旅行鞄《かばん》を持ち替えると、凝り固まった肩をほぐしてから中に入る。

古城を追うようにまっすぐ進んでいくと、随分と開けた空間に出た。恐らくここがサロンに該当するのだろう。乳白色の蛍光灯に照らされた室内には、L字型の革張りのソファーのほか、テーブルや椅子、ビリヤード台が置かれている。キッチンはサロンと隣接しているようだった。

吹き抜けになった屋内には微《かす》かに木の香りが漂っていた。全面木造になっており、向かいには奥座敷が見える。洋風な外観と和風な内装が見事な按配《あんばい》で調和し、実に上質な雰囲気を放っている。どうやら一階が共用スペースで、二階は宿泊客の個室になっているらしい。

ソファーには、総勢四人の男女が腰を下ろして談笑していた。その中の一人がこちらに気付いて立ち上がると、滑るような動きで歩み寄ってくる。

「おお！　貴君が古城君の友人か。話には聞いていたが、本当にそっくりだな。事情を知らない者であれば、双子だと言われても信じてしまうだろうよ」

「恐縮です。財前《ざいぜん》博士」

水月の前に立っていた古城がそつなく答える。財前と呼ばれた初老の男性は、にこやかな笑顔で水月を出迎えた。禿《は》げ頭に、申し訳程度の白髪が乗っかっている。分厚いレンズの黒縁眼鏡と、染みだらけの白衣。博士と称されるのも納得の佇《たたず》まいだった。

「儂《わし》は財前龍之介《りゅうのすけ》と申す。貴君は――そうそう、確か鳳水月君といったな。ふむ、中々どうして古風な名前じゃないか。ご両親はさぞ聡明な方だったのだろうな」

その瞬間、水月の顔が強張った。空気の変化を感じたのか、財前も怪訝《けげん》な表情になる。が、すかさず古城が間に割って入った。

「すみません博士。彼は天涯孤独の身でしてね」

「そうだったのか……。いや、すまなかった」

項垂《うなだ》れる老人に、水月は「いえ、どうかお気になさらず」と、努めて明るい表情を作る。すっと右手を差し出すと、財前はほっとしたような顔で水月の手を摑んだ。

「よろしく頼む。せっかくだ、皆を紹介しよう」

財前が手招くと、ソファーに座ってこちらを窺っていた三人が近付いてきた。

「どうもどうも初めまして。僕は高杉良平《たかすぎりょうへい》、獣医をやっとります。なにとぞお見知りおきを」

我先にと進み出たのは、やたらと恰幅《かっぷく》のいい小男だった。人のよさそうな丸顔で、室内はそれほど暑くないにもかかわらず、頻《しき》りにハンカチで汗を拭っている。ぱつんぱつんになったワイシャツ越しに、アニメ調にデフォルメされた猫耳メイドの絵柄が透けて見えた。ワイシャツの下に、更にプリントシャツを着込んでいるらしい。道理で暑そうにしているわけだ。続いて、

「こんにちは——って、もうそんな時間じゃないですね。こんばんは。私は白峰薫《しらみねかおる》といいます。財前先生の専属セラピストを務めています」

白峰と名乗った女性は礼儀正しくお辞儀をすると、にっこり微笑《ほほえ》んだ。栗毛色の髪を肩口で綺麗《きれい》に切り揃えており、健康的に日焼けした小麦色の肌が眩《まぶ》しい。だが、それらの魅力も消し飛ぶほどの衝撃を、水月は彼女の服装から受けていた。

——純白のブラウスに、ふんわりとした紺色のコルセットスカート。おまけに、か、カチューシャまで。これは——。

基本的に女性に免疫のない水月は、青少年の理想を具現化したような白峰の姿格好に、眩暈《めまい》がするほどの酩酊《めいてい》感を覚える。ありがとう古城と、水月は初めて彼に感謝した。

最後は金髪の若い男性だった。真っ赤な革ジャンと三白眼のせいか、どことなく剣呑《けんのん》な雰囲気を放っている。男はぶっきらぼうな口調で自己紹介をした。

「財前虎太郎《こたろう》。親父の息子だ」

それを言うならまず親父が誰なのかを教えてほしかったが、幸いにも思い至る。

「もしかして、財前博士の？」

「ほかに誰がいる」

虎太郎は苛立《いらだ》ったように髪を掻《か》き回した。すみません、と萎縮する水月に、

「あー、いや、悪《わり》ぃ。どうも初対面だと緊張してな。意識しても高圧的になっちまうんだ。別に怒ってないから安心してくれ」

　途端にしおらしくなる。見かけによらず、根っからの悪人ではないようだった。水月が恐る恐る手を伸ばすと、虎太郎はしっかりと握り返してきた。

　一通り挨拶が終わったところで、再び財前が口を開く。

「顔合わせはすんだようだね。さて鳳君、改めて歓迎しよう。ようこそ、我が『髑髏邸』へ」

　財前は片手でソファーを指し示す。戸惑った水月が古城の方を見遣《みや》ると、彼は無言で頷いた。それならば、とソファーに半身を沈めると、財前を含めほかの面々も一様に腰を下ろした。すると、古城が頃合いを見計らったかのように口火を切った。

「財前博士。まずは、鳳にあなたのことを教えてやってくれませんか。僕が連れてきた手前、申し訳ないのですが、直接ご本人の口から聞いた方がいいかと思いましてね。こんな機会は滅多にありませんから」

「構わんとも。さあさあ、鳳君。遠慮はいらん。何でも訊いてくれたまえ」

　眼鏡の奥の瞳を輝かせながら財前が言った。少し考えた後、水月は「それでは」と居住まいを正した。

「この別荘は『髑髏邸』というそうですが、何か由来があるのでしょうか」

「もちろんだ。この別荘には、儂が世界各地から収集した数多くの髑髏が眠っている。その数、実に二百近くにまで上るだろう。収蔵庫は二階にある儂の自室の隣にあってね。そこで研究も併せて行なっているんだ」

「髑髏といいますと、人骨でしょうか」

尋ねながらも、水月は自分の顔が引き攣《つ》っていないか心配する。人骨とぼかしたが、要は死体だ。財前の回答次第では、二百体もの死体と一緒に、一つ屋根の下で夜を明かす羽目になる。だが、幸運にも顔には出ていなかったらしい。財前は笑顔を絶やすことなく答えてくれた。

「まさか！　儂は死体愛好者《ネクロフィリア》などではないよ。ここに保管されているのは、髑髏であっても人間の頭蓋骨ではない。水晶だ。この『髑髏邸』は水晶髑髏《すいしょうどくろ》の収蔵庫であり、研究所なのだ」

「す、水晶髑髏ですって？」

調子の外れた声で繰り返すと、「左様」と財前は頷いた。

「珪長質火成岩《けいちょうしつかせいがん》を構成する鉱物の一つに、石英《クオーツ》がある。この石英の鉱脈やペグマダイトの隙間には、稀に六角柱状の結晶が生成される。これが水晶、クリスタルだ。そして水晶を人骨の形に切り出して作った工芸品を総称して『水晶髑髏』と呼ぶ。貴君も単語くらいは耳にしたことがあるんじゃないかな」

「そういえば『インディ・ジョーンズ』の映画にそのようなタイトルがありましたね」

「ふむ。『クリスタル・スカルの王国』か」財前は片手で顎《あご》を擦《さす》った。「先に訊いておこう。貴君は水晶髑髏をどう捉《とら》えているのかね」

「どう、と言われましても」水月は困惑する。

「厚顔無恥《こうがんむち》になりますが、水晶髑髏はアメリカ大陸の出土品で、かつてマヤ文明が栄えた時代に作られたと記憶しています。ただし、その後の研究で、水晶髑髏は古代文明の遺物ではなく、後世に制作されたと判明したそうですが……。いかがでしょう」

　すると財前が口を開く前に、突然古城が立ち上がり、水月の頭を鷲掴《わしづか》みにして無理やり頭を下げさせた。何しやがる、という抗議の声は、古城の謝辞であっさりと掻き消される。

「博士！　この唐変木《とうへんぼく》がとんだご無礼を働いたことをご容赦ください。まったくもってお恥ずかしい。言うに事欠いてマヤ文明などと……。お手数ですが博士、この未開人に真実を聞かせてやってください！」

「わ、分かった分かった、相分かった！　いいから古城君、早く手をどかしてあげなさい。彼が可哀《かわい》そうだ」

　慌てふためいた財前が言うと、ようやく古城は手を放した。三人のやり取りを隣で見ていた高杉や白峰、虎太郎までもが古城の奇行に目を白黒させている。

　解放された水月に至っては、もはや怒りを通り越し、茫然自失《ぼうぜんじしつ》の状態だった。

――俺がいったい何をしたというんだ……。

あまりにも理不尽な仕打ちに、心底泣きたくなったが、どうにか堪《こら》えて呟《つぶや》く。

「失礼しました、財前博士。どうぞ続きを」

「う、うむ」財前はこほん、と咳払いをすると、

「一九二七年、中央アメリカ北東部のホンジュラスにて、極めて透明度の高い水晶を加工した頭蓋骨模型が発見された。発見者はイギリス人探検家のフレデリック・A・ミッチェル＝ヘッジス。古代マヤ遺跡のルバアントゥンで出土したこの水晶髑髏は、発見者の名に因《ちな》み『ヘッジス・スカル』の愛称で一躍脚光を浴びることとなった」

「俺も話には聞いたことがあります。非常に精巧な作りになっているそうですね」

「うむ。こめかみと頬骨の一部を除けば、解剖学的にもほぼ完璧に人間の頭蓋骨を再現しているそうだ。大きさにして、高さ十七センチ、幅十二・五センチ、長さ十七・五センチ。その再現率もさることながら、下顎部分は取り外しが可能で、眼孔《がんこう》はプリズム構造になっている。あくまで伝説だが、この髑髏の眼孔は人間の運命を垣間見せるという。それゆえ、ヘッジス・スカルには『運命の髑髏』という別称も存在しておるのだ」

――運命ねぇ……。

水月は水晶髑髏に向かい合った自分の姿を想像してみた。髑髏はいわば死者の人相だ。その

髑髏に占われたところで死相しか表れないような気がするが、いかがなものか。

「水晶髑髏の特異な点はほかにもある。最たるものが、髑髏の加工方法についてだろう。七〇年代に米国企業のヒューレット・パッカード社が解析を行なったところ、髑髏の表面には工具を使って加工した跡がいっさい見つからなかった。通常、水晶を構成している結晶の軸に沿って細工を施さなければ、水晶全体が壊れてしまう恐れがある。しかし、このヘッジス・スカルは結晶の自然軸に反する形で彫られているというのだから驚きだ。『場違いな工芸品』と称されるのも納得の逸品だろう」

財前は恍惚《こうこつ》の表情を浮かべていたが、古城のわざとらしい咳払いを耳にして、はっと我に返った。

「失礼、ついつい夢中になってしまったな。さて、この話には至極残念な続きがあってね。まあ、一言《ひとこと》で言ってしまえば、ヘッジス・スカルはオーパーツでも何でもなかったのだ」

水月は危うく「そんなことだろうと思いました」と口走るところだった。

「先ほどヘッジス・スカルは一九二七年に発見されたと言ったが、実際にその存在が公表されたのは五〇年代に入ってからだった。八〇年代には、マヤ遺跡からの出土品ではなく、ヘッジスが一九四三年にロンドンの美術商から購入した物であると判明。挙句の果てには、近年の電子顕微鏡を用いた解析により、表面に研磨剤やドリル痕があることも確認されている。先スペイン期にはなかった回転式のドリルを使って加工されていたことから再び注目を集めかけたが、その後の研究で、回転式ドリルは十九世紀のドイツで製造されていたことが分かったため、たちまち業界でも下火になってしまった」

「つまり水晶髑髏とマヤ文明の間にはまったく繋《つな》がりがない、と？」

鹿爪《しかつめ》らしい顔で「そうだ」と財前が頷くと、今度は古城が口を開いた。

「世界でもマヤ文明ほど不憫《ふびん》な文明は珍しいだろうね。鳳、君は『世界六大文明』を知っているか？　メソポタミア・エジプト・インダス・黄河の『世界四大文明』は分かるだろうが、メソアメリカのマヤ文明、そして南米のアステカ文明がある。どちらも四大文明と並ぶほどの高度な文明だ。しかし、いつだって持ち上げられるのは『世界四大文明』という肩書だ。それだけじゃない。やれ水晶髑髏だ、やれ終末予言だのと、神秘性が過度に誇張された文明観が独り歩きしたせいで、マヤ文明が有する本来の実態が見えなくなっている。文明史上、最高峰の石器文明であったこと、王に連なる整然とした支配体制が確立されていたこと、六世紀のインドに先立ってゼロの概念を発明していたこと、二十進法を用いて実に二京《にけい》を超える数字を計算し、循環暦を生み出していたこと——地に足の着いた文明でありながら、マヤ文明の印象は一部の悪質な報道によって、虚構めいた幻の文明として歪められている。これを不憫と言わずに何と言う」

「お前のマスコミ嫌いは充分分かったよ」水月は溜息を吐くと、

「それで古城、お前はここで何を鑑定するんだ。結局のところ、水晶髑髏は偽物なんだろ。だったら鑑定するまでもないんじゃないのか」

「前にも言っただろう。この世界にはまだ見ぬオーパーツが山のように眠っている、と。今回僕が招かれた理由は一つ。財前博士が生涯を懸《か》けて収集した『未知の水晶髑髏』の鑑定。博士は遂に揃えたんだ」

「揃えたって、何を」

首を傾げた水月に、古城は勿体《もったい》振って答えた。

「十三髑髏だよ。十三個の水晶髑髏だ」

すると再び財前が身を乗り出してきた。

「こんな伝説を知っているかね。太古の叡智《えいち》が込められた水晶髑髏は、世界中に全部で十三個あるという。一例には、後頭部が異様に発達しており、異星人を彷彿《ほうふつ》とさせることから名付けられた『ＥＴスカル』や、ロンドンの大英博物館に展示されている『ブリティッシュ・スカル』などが存在する。マスター・スカルであるヘッジス・スカルを含め、十三個の水晶髑髏が集う時、真の地球の歴史と、超古代文明の全貌が映し出されると言われているのだ」

――おいおい。結局オカルト話に戻ってくるのかよ。

古城の説教もあって、水晶髑髏は科学技術のまさしく結晶なのだと頭に刷り込まれ始めていた。にもかかわらず、またしても水晶髑髏の神秘性を強調するような話題になっている。

この二人、本当はどっち側なんだと水月は理解に苦しむ。

「水晶髑髏はヘッジス・スカルだけではない。そのほかにも、紫水晶《むらさきずいしよう》から成る『アメジスト・スカル』や、薔薇《ばら》水晶から成る鮮やかなピンクの『ローズ・スカル』、緑色の『グリーニー・スカル』など、透明ではなく色が付いた髑髏まである。石英の中に不純物である鉄などが含まれていると、その含有量によって様々な色に変化するのだ」

「へえ、水晶髑髏にもカラーバリエーションがあるんですね。そいつは知らなかった」

感心したように頷くと、財前は「そうだろうそうだろう」と嬉しそうに手もみをする。

「儂が水晶髑髏の魅力に取りつかれてから長い年月が経った。これまで数多くの髑髏を手に取ってきたが、それだけ紛い物を摑まされた苦い思いもしてきている。今となってはよき思い出だがね」

財前は懐かしむような目で虚空を見据える。

「そしてようやく、儂はこの手で集めたのだ。世界各地に散らばった、伝説の十三個の水晶髑髏をな」

「ほ、本当ですか？」

目を丸くした水月が尋ねると、財前は厳かに頷いた。

「とはいっても、ヘッジス・スカルのような既知の水晶髑髏ではない。独自の情報網を駆使して手に入れた未知の水晶髑髏だ。そしてつい先日、最後の髑髏が手に入った。だからこそ儂は全幅の信頼を置いている古城君を呼んだのだ」

「光栄の至りです、財前博士。不肖《ふしょう》、古城深夜、全身全霊を賭《と》して鑑定させていただきます」

古城は恭《うやうや》しく頭を下げる。鼻持ちならない仕草だったが、妙に様《さま》になっていた。何だかんだ言ってもこいつには気品のようなものがある、と水月は思う。が、当然口にはしない。調子に乗らせるだけだ。

古城の返事を聞いて、財前は満足そうに笑う。

「結構結構。実際のお披露目は、明日の朝にしようと考えている。今夜は前夜祭だ。皆、大いに飲み、食べ、語り明かしてくれたまえ」

財前が手を叩くと、すっと白峰が立ち上がり、キッチンへと入っていった。間もなく彼女はグラスを載せたお盆を持って戻ってくる。

全員にグラスを配っている白峰を見ていた水月は、次の瞬間、視界の端に小さな影を捉えた。あっ、と声を上げる間もなく、その影は座っていた財前の膝の上に飛び乗った。

「スフィンクス！　どこに行っていたんだね。ほら、お客さんに御挨拶しなさい」

財前の膝の上で「にゃあ」と鳴き声を上げたのは、真っ白い一匹のシャム猫だった。サファイアブルーの瞳で、警戒するように水月を睨んでいる。

「儂の飼い猫だ。雌猫で、名前はスフィンクスという。水晶髑髏の研究で海外に行った時に出会ったのだが、この子の目が、亡くなった家内が好んでいた宝石によく似ていてね。すっかり気に入ってしまったから、そのまま連れて帰ってきたのだ」

財前は慈しむようにスフィンクスを撫《な》でると、片手で抱えたまま立ち上がる。

「さて、それでは前夜祭を始めるとしよう。皆、グラスは持ったかね？　ふむ、いいだろう。それでは――」

「乾杯！」

グラス同士が触れ合う音が響く。

財前の腕の中で、スフィンクスがふわりと小さな欠伸《あくび》をした。

＊

「――世界が反転している」

「方向が違うな。上下反転ではなく前後不覚の間違いだ」

泥酔状態の水月の傍《かたわ》らに立ち、古城が憐憫《れんびん》の籠《こも》った目で見下ろしてくる。

「まったく、下戸《げこ》にもほどがあるだろう。まさか赤ワインをグラス一杯飲んだだけで白目を剝《む》くとはね。だったら最初から水にしていればよかったんだ」

水月は古城に肩を支えられるようにして、二階へと繫がる階段を覚束《おぼつか》ない足取りで上っていく。少しでも力を緩めれば、そのまま前のめりに倒れ込んでしまいそうだ。

ようやく水月は二階にある一室に辿《たど》り着いた。ドアには「来賓室」と書かれたプレートが下がっている。安住の地への扉が開かれるや否や、水月は古城に背中を蹴り飛ばされた。

その勢いのまま、正面に据《す》え置かれていたベッドへと雪崩《なだ》れ込む。

遠くから古城の捨て台詞が聞こえてくる。

「蹴り飛ばして悪いな相棒。だが、こちらは一帳羅のスーツを涎塗《よだれまみ》れにされたんだ。甘く見積もって五分五分だろう」

そこで意識が途切れた。

＊

翌朝、古城に叩き起こされた水月は、開口一番、頭痛の酷さを訴える。

「うああ、痛ぇ――。俺の頭、まさか割れてたりしないだろうな」

「君の頭は正常だよ、もっとも」

古城の目つきが鋭さを帯びる。

「事態は異常だ。

財前博士の様子がおかしい」

3

古城に急《せ》き立てられ、水月は顔を洗うことすら許されず、そのまま部屋を飛び出た。

「こっちだ」と先導する彼に連れられ辿り着いた先は、来賓室と同じ階にある一室だった。閉ざされたドアの前には、既に虎太郎、白峰、高杉の三人が揃っており、みな蒼褪《あおざ》めた顔でこちらを見ている。古城は足早に彼らの元へ駆け寄ると、

「遅くなって申し訳ありません。鳳を起こしてきました」

「鳳くん、無事だったか。心配したよ」

高杉が強張っていた頬を僅《わず》かに緩めて言った。水月は恐る恐る彼に尋ねてみる。

「いったい何が起きたのですか……。古城からは『財前博士の様子がおかしい』としか聞かされていないのですが」

「それは——」

言葉にすることを躊躇《ためら》うかのように高杉は口籠る。代わりに古城が答えた。

「そ、そこから見てみろ」

「そこって……」

何気なく古城の視線を目で追った水月は驚きの声を漏らす。

「ドアに……ドアが付いている？」

床から数センチの高さの場所に、およそ二十センチ四方の小さなドアが取り付けられていた。

「猫用扉だよ。以前、財前さんが言っていたんだ。『スフィンクスが自由に部屋に出入りできるよう取り付けた』ってね」

「なるほど」

高杉の説明を受け、水月は身体《からだ》を屈《かが》めて床に這いつくばってみた。そっと仕切り板を押すと、ぽっかりと空いた隙間から部屋の中が覗《のぞ》き込めた。お世辞にも視界は良好とは言えない。が、室内灯が点《つ》いていたこともあり、何とか手前付近だけは見通せた。

「これは……」

水月は目の当《ま》たりにした光景に息を呑む。

「髑髏が……並べてある？　そ、それに人が——」

並べてあるのか、それとも無造作にばら撒《ま》かれているのか。驚いたことに、床にはいくつかの水晶髑髏が点在しているようだった。手前には緑青色《ろくしょう》の髑髏が、そのほかにも紫やピンクなど、色彩も様々のようだ。

そして部屋の中央には四脚《よつあし》の机が置かれており、顔ははっきりと見えないが、机の上には白衣を着た誰かが横たわっていた。水月は飛び跳ねるように体を起こすと、古城に詰め寄る。

「こ、古城、あれは財前博士なのか？　意識がないように見えるが、大丈夫なんだよな？」

古城は無表情で首を振った。

「分からない。一刻も早く確かめねばならないが、生憎《あいにく》、この別荘には合鍵《あいかぎ》が存在しないそうだ。扉を破るしかない。力を貸せ、鳳」

「あ、ああ」

古城は虎太郎と高杉にも声をかける。

「お二人にもご協力願います」

「言われるまでもねぇよ」

「わ、わわわわ、分かった」

四人は呼吸を合わせてドアへと体を打ちつける。何度目かの体当たりでようやくドアが軋《きし》み始めた。

「もう一押しだ」

古城はいったんドアから離れて助走をつけると、ドア目掛けて全体重を乗せた蹴りを放った。衝撃をまともに喰《く》らったドアは鈍い音と共に破られる。

「博士！」

いの一番に部屋へと踏み込んだ古城に続いて、水月もドア付近から部屋の中を窺い、そして現実を目の当たりにする。

「そんな、財前博士……。しっ、死んで……」

机の上で仰向《あおむ》けになり、だらりと力なく四肢を投げ出しているのは、紛うことなく財前龍之介その人だった。生気の失われた土気色の顔。その腹部には刃渡り三十センチはあろうかという巨大なサバイバルナイフが突き立てられていた。白衣に染み出した血液が黒々と変色し、現場の凄惨さを際立たせている。水月は思わず目を背けた。

髑髏を愛した男は、骸《むくろ》となって現れた。

しかし、悪夢はそこで終わらない。

死体は――一つ、だ、け、で、は、な、か、っ、た。

「――いやあああっ！　スフィンクス！　スフィ、ン、ク、ス、が！」

後ろに立っていた白峰が机の横を指差して叫ぶ。

そこには高貴な雌猫の変わり果てた姿があった。主人と同じようにナイフで刺されたのか、脇腹の辺りに見るも無残な裂傷がある。

スフィンクスの真っ白な毛並みが赤色に侵されている様は、財前の白衣が血に染まっている様と重なって見える。

「お、親父……」

虎太郎が前に立つ古城を押し退《の》け、ふらふらとした足取りで部屋に入ろうとした――が、古城に遮られる。

「虎太郎さん！　駄目です、現場を荒らさないでください」

「で、でもよ」

虎太郎は声を上げて反駁《はんばく》するが、

「財前博士は亡くなりました。今この瞬間から、『髑髏邸』の責任者は一人息子である虎太郎さん、あなたになったのです。あなたにはすぐに警察を呼ぶ義務と権利がある――違いますか」

「そ、そうだな。呼んでくる」

古城の剣幕に押され、虎太郎は弾《はじ》かれたように駆け出して行った。その背中を見送った古城はもう一度部屋の中をぐるりと見渡すと、その場に四つん這《ば》いになった。ドアから見て一番手前に置かれていた緑青色の髑髏をじっと観察しながら、ぶつぶつと何かを呟いている。

「破片。いや、粉末か」

古城は這うようにして部屋の奥へと進むと、次から次へと水晶髑髏を観察し始めた。人には「現場を荒らすな」と言っておきながら、こいつは何をやっているのかと、水月は不審に思う。

最後に一番奥に置かれた髑髏を眺めながら、古城は一言だけ発した。

「白か」

やがて顔を伏せたまま立ち上がると、

「くっ……、う、ううっ……」

肩を震わせ始めた。泣いているのか。居た堪《たま》れなくなった水月は、彼を励まそうと声をかけようとした。が、

「――は？」

伏せられていた彼の顔を見て絶句する。なぜなら、

「――ふ、くはははははっ！　あーはっはっは！　ふはははははは！」

古城は片手で顔を覆《おお》い、もう片方の手で腹を押さえながら狂ったように笑い出した。

「う、うわっ⁉」

突拍子もない奇行に水月は腰を抜かす。

「お、おい！　どうしたんだよ。ほんとに狂っちまったのか？」

背後に立つ白峰と高杉もすっかり引いてしまっている。二人は怯《おび》えを含んだ目で古城を見ていた。が、そんな白い目を向けられていることなどお構いなしに古城は叫ぶ。

「見ろよ鳳。十三髑髏だ！　十三髑髏だぞ‼　六でも十二でも十五でもない。十三だ！　十三髑髏なんだ。くはははは！　こ、これが笑わずにいられるものか！　あーっはっはっ――」

言うまでもなく、水月には彼の言っていることが何一つ理解できなかった。

唯一確かなことは、水月の二十余年の人生史上、これほどまでに自分の顔に恥じ入った経験はない。それだけだった。

*

髑髏邸一階のリビング。

水月たち四人はソファーに腰かけ、神妙な面持ちで沈黙を保っていた。

もう一人、顰蹙《ひんしゅく》ものの高笑いを披露してくれた古城はというと、いまだに満面の笑みを顔に貼り付けたまま、時折くくくと笑い声を立てている。不本意極まりないが、水月には連れとして彼を諫《いさ》める責任があったのかもしれない。が、とうの昔にそんな責務は放棄している。古城と共倒れするくらいなら、この場で彼を見捨て、後で本人から文句を言われる方が何倍もましだった。

——この男の辞書には「不謹慎」という文字はないのか？

古城が使い物にならないので、水月はほかに当たることにした。

「虎太郎さん。警察はどれくらいで到着すると言っていましたか」

「三十分くらいだ。麓《ふもと》の駐在と上手く連携が取れれば、もう少し早く来れるかもしれないってよ」

「そうですか……。よかった」

水月はほっと安堵の息を吐く。あと数十分でこの悪夢から解放される。

——そうだ。少しでも早くここを去らないと。

水月の背中を冷や汗が伝う。彼には一刻も早くこの場を立ち去りたい理由があった。

——いや、今なら大丈夫か？

水月はゆっくりと腰を上げたが、その動きに目敏《めざと》く気付いた古城が言った。

「どこへ行くつもりだ。単独行動は許さんぞ」

「ちょっとお手洗いに……」

「胡散臭い行動は控えろ。なに、警察が来るまでの辛抱だ。そんなことより」

古城は唇を歪めた。

「時間がない。早く座れ」

「な、何の時間だよ」

「決まっているだろう」

ひゅっと口笛を吹くと、古城は両手を広げた。

「財前博士を殺した犯人。そいつを探し出すための時間だ」

「なっ？」

水月は目を剥いて古城を見つめた。例に漏れず、ほかの三人も唖然としている。

「ど、どういうことだよ。博士は自殺したんじゃないのか」

「じゃあ逆に訊くが、どうして鳳は自殺だと思ったんだ？」

「そ、そんなの決まってるだろ！」水月は叫ぶ。

「博士の部屋には鍵が掛かっていたんだぞ。いわば密室だ。合鍵が存在しない以上、そうとしか考えられない」

「密室ねぇ……。まあいい」古城は酷薄に嗤《わら》うと、

「警察の到着を待つまでもない。断言しよう。僕は必ず博士の無念を晴らしてみせる」

本人の死体を前に大笑いしていた奴が何を言う、と呆れる水月の隣から、虎太郎が割り込んできた。

「勝手に話を進めてんじゃねぇよ！　何で俺が犯人探しなんかに付き合わなきゃならねぇんだ！」

すると古城は、いけしゃあしゃあと言い返す。

「どのみち後で警察からも事情聴取を受けるのです。予行演習だと思えばいい。それともなんですか、虎太郎さん。あなたは実の父親を殺《あや》めた犯人が憎くはないのですか。犯人が誰なのか、知りたくはないのですか？」

「そ、そうは言ってねえけどよ……」

またしても虎太郎は古城に言い包《くる》められてしまった。その様子を見ていた水月は、古城と口喧嘩《げんか》をするのはやめておこう、と心の中で密かに誓う。

「よろしい！　それではさっそく始めましょう」

古城は上着の内ポケットに手を入れると、立派な革張りの手帳と、高そうな万年筆を取り出した。彼は器用にペンを弄びながら、手帳の空白のページに何かを書《か》き込んでいく。

やがて、

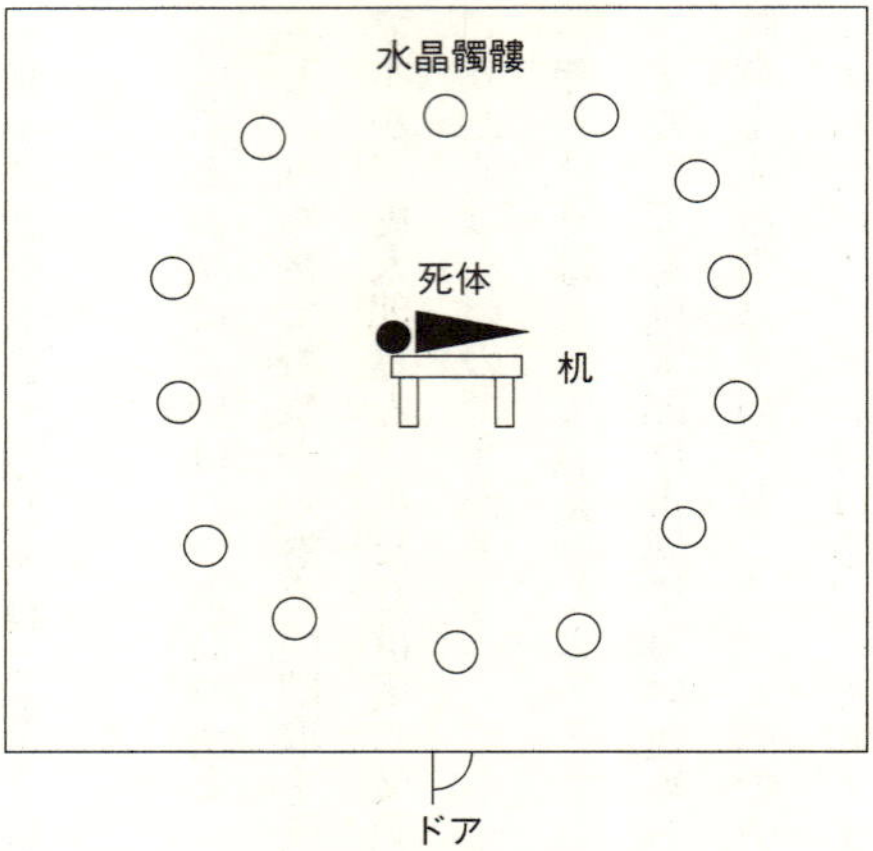

死体現場

「――こんなところか」

古城は手帳を裏返すと、全員に掲げて見せた。手帳を覗き込んだ水月は、「これは……」と掠《かす》れた声で呟く。

古城の手帳には、財前の死体現場の再現図が描かれていた。

部屋の中央には、財前が横たわる机があり、死体を取り囲むようにして十三個の水晶髑髏が置かれている。その配置はさながら時計盤の数字のようであったが、髑髏同士の間隔は不均等、真円を描いているわけでもなく、髑髏の配列は凸凹《でこぼこ》になっていた。

「さて、水晶髑髏の配置はご覧の通り。机以外の家具は、床に敷いてあったはずのカーペットも含め、すべて部屋の隅へと押しやられていた。

ご丁寧にも、露《あら》わになったフローリングの床には一面、ワックスが掛けられていたようだ」

「自殺前の身支度ってところか？　飛び降りる前に靴を脱ぐ、みたいな」

「まさか。それなら散らばった髑髏を真っ先に片付けるだろう」古城は水月の問いを一蹴《いっしゅう》する。

あっさりと否定された水月は声を荒らげた。

「だったらこの光景をどう説明するんだ。髑髏に囲まれて死ぬなんて、まるで悪魔の降霊術みたいだ。博士は黒魔術でも齧《かじ》ってたのか？」

するど今度は「さすが相棒！」と、肯定的な返事が飛んできた。

「黒魔術とは言い得て妙だな。鳳、面白いものを見せてやろう」

古城はにやりと笑うと、手帳に書き込んだすべての髑髏の上に文字を追記していく。

彼はすぐに「完成だ」と、水月の鼻先へ手帳を突き出してきた。水月は新たに書き込まれた文字を見て目を丸くする。

「何だこりゃ。えーっと、上から時計回りに……鍵束、腕時計、鋏《はさみ》、万年筆、指輪、印鑑、財布、インスタントカメラ、携帯電話、風鈴、蠟燭《ろうそく》、室内履き、そして眼鏡？」

首を傾げる水月を前に、古城はご満悦だった。

「聞いて驚くなよ。何とこれらの雑貨を、水晶髑髏が咥《くわ》えていたんだ」

「は、はあああああっ⁉」

驚くなと言う方が無理な話だった。水月はあんぐりと口を開ける。

「期待通りの反応をありがとう。君はすっかり忘れているようだからもう一度だけ教えてあげよう。著名な水晶髑髏の一つであるヘッジス・スカルには、ある特徴があっただろう？」

「もしかして、下顎が外れるとかいう……」

「正解。下顎の取り外しは、グアテマラで発見された『ローズ・スカル』や、ナミビアで発見された『コンパッション・スカル』など一部の水晶髑髏に見られる珍しい特徴なんだがね。これは凄《すご》いぞ。博士が収集した水晶髑髏は、十三個すべて顎が外れる仕組みになっているらしい」

「要するに、十三個の水晶髑髏がそれぞれ異なる雑貨を咥えさせられていたってことか」

「そうだ。十三髑髏へ捧ぐ十三個の供物。いよいよもって呪術じみてきたな。だが儀式的な要素はこれに止《とど》まらない」

古城の弁は熱を帯びていく。

「幻の大陸、アトランティスの動力源だったともされるクリスタル。古代より神秘的な力を秘めた石として、祈禱《きとう》や儀式に用いられてきたことは紛れもない事実だ。とりわけクリスタルは、ほかのパワーストーンと一線を画する『浄化力』を有するとされている。このクリスタルによる浄化作用を応用して、心身の治療を行なう手法をクリスタル・ヒーリングと呼ぶんだが
――」

紙に描いた髑髏を指し示しながら古城は続ける。

「クリスタル・ヒーリングに最もよく使われるのが、人を囲むようにしてクリスタルを並べる、という手法だ。並べ方は多岐にわたるが、代表的なものとしては、俯《うつぶ》せになって十二個のクリスタルを等間隔で周囲に配置したり、六芒星《ろくぼうせい》や十二芒星を模るようにして並べたクリスタルの中に立ったり、といったパターンが挙げられる。通常、芒星の中に立つ時は『ジェネレーター』と呼ばれるもう一つのクリスタルを手に持つことが多い。ジェネレーターが、周囲のクリスタルに分散されたエネルギーを集める受容器としての役目を担い、より効率よくヒーリングを行なうことができるというわけだ」

「お前、さっきからいったい何の話をしてるんだよ」

虎太郎が凄むが、古城は「必要なことですよ」と軽く受け流した。

「では続けます」

古城は手帳を捲《めく》ると、白紙のページを開いた。ペンを走らせ、六芒星を模るように六個のクリスタルと一個のジェネレーターを描く。上から右回りに、第一ポイント（背面）、第五ポイント、第二ポイント、第六ポイント（正面）、第三ポイント、第四ポイントとなり、中央にはジェネレーターが置かれている。

「それもクリスタル・ヒーリングなのか」

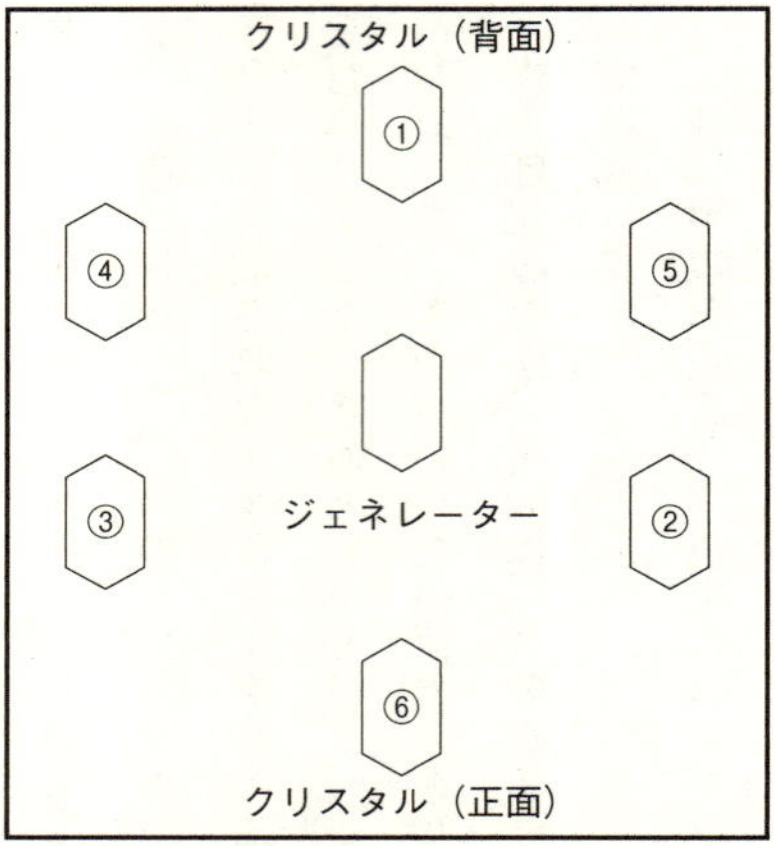

クリスタル・ヒーリング

水月が訊くと、

「そうだ。六芒星の配置を例に挙げてみよう。この配置法で重要なのは背面の第一ポイントと、正面の第六ポイントだ。背面のクリスタルは霊性、正面のクリスタルは肉体性のバランス点となり、全体の調和を保つ働きをする。背面に近い第四、第五ポイントのクリスタルは肉体的三位一体を構成し、正面に近い第二、第三ポイントのクリスタルは霊的三位一体を構成している。これにより人間のあらゆる側面をカバーし、霊的にも肉体的にも身体中のエネルギーの流れを矯正することができるとされている」

「クリスタルで囲む、か……」

水月は口の中で反芻《はんすう》する。これではまさに財前の死体現場そのものではないか。異なるのは、ヒーリングではなく真逆に位置する『死』が前面に押し出されていることだけだ。

蒼褪める水月とは対照的に、古城は嬉々《きき》として声を張り上げている。

「これほどまでに奇々怪々な光景は滅多に見られない。いやはや、心の昂《たか》ぶりがまるで抑えられないな。興奮のあまり、涎と鼻血と精液を一気に噴き出してしまいそうだ」

古城が上品な口調で下品な言葉を吐くと、白峰が心底嫌そうに顔を歪めた。どうやら彼女は潔癖症らしい。汚らわしいものを見るかのような目で古城を睨んでいる。水月は古城が羨ましくなった。

――っと、それどころじゃない。

ゆっくりと深呼吸をしてから古城に尋ねる。

「やっぱり自殺じゃないのか？　博士は髑髏を並べてから机の上に仰向けになり、自分で自分の腹を突き刺したんだ」

「自分で腹を刺したという後半部分には百歩譲って目を瞑ろう。だが、博士が髑髏を並べたというのはいただけないな」

「な、何でだよ」

「クリスタルの配置さ。今言った通り、周囲に六個あるいは十二個のクリスタルが並べられていたとすれば、クリスタル・ヒーリングに則《のっと》った儀式だと見なす余地はある。しかし現実に並べられていたのは十三個の髑髏だ。それに、クリスタル・ヒーリングでは中央にもクリスタルを配置せねばならない。その掟《おきて》にも反している。博士なら必ず中央に水晶髑髏を奉ったはずだ」

「そんな理屈が通用するのは、世界広しと言えど、お前と博士くらいのもんだろうよ。だったらあれだ。昨日博士が言ってただろ？　十三個の水晶髑髏が集う時、真の地球の歴史と、超古代文明の全貌が云々《うんぬん》――」

「同じだよ。その場合も中央にマスター・スカルを置かねばならないのだから」

古城は首を振ったが、水月にはふと閃《ひらめ》いたことがあった。

「博士こそがマスター・スカルだったらどうだろう。死人の頭蓋骨なら、れっきとした髑髏じゃないか」

「鳳」古城は呆れたように肩を竦《すく》める。

「それでは十四髑髏になってしまうぞ。それに博士が髑髏の一部だったのなら、なぜ彼はその口に何も咥えていなかったんだ？」

「……そうだったな」

頬を掻く水月を見て、古城は手帳を服に収めた。

「博士が目論んだにしては、あまりにも一貫性のない不自然な『儀式』だ。むしろ、儀式を隠れ蓑《みの》に、その裏に隠した意図から僕たちの意識を逸《そ》らすための『偽装工作』として捉えるべきだろう。癪《しゃく》な話だがな」

「じゃあほかに犯人がいるってのか」

「それも身近にな。髑髏の一つは鍵束を咥えていたが、聞いたところによると、財前博士の部屋だけでなく、この別荘の玄関の鍵も同じ鍵束にぶら下がっているそうだ。当然、合鍵はない。戸締まりも完璧だった。外部からの侵入者による犯行ではないと断言できるだろう。つまり、最後に博士を見てから、次に死体となって見つかるまでの間、髑髏邸にいたこの中の誰かが犯人だ」

4

「ふ、ふざけんじゃねぇ！　黙って聞いてりゃ、今度は人殺し呼ばわりかよ。先に言っておくが、俺は絶対に殺《や》ってねぇからな！」

虎太郎が顔を真っ赤にして喚《わめ》き散らす。高杉も滝のような汗を流しながら猛然と首を振る。

「僕だって違う！　僕ぁ財前さんのただの旧友で、別荘に招かれたのも、たまたま獣医をやっていたからなんだ。スフィンクスの具合を診てほしい、って財前さんに頼まれて……」

「私も同じです。昔、父が財前先生のお世話になったことがありまして。それ以来、家族ぐるみでお付き合いさせていただいていました。父が亡くなってからも、財前先生は私を実の娘のように可愛がってくださいました。それが、こんな……」

白峰がそっと目尻を拭う。水月は彼女の窈窕《ようちょう》たる淑女ぶりに見惚《みと》れていたが、

──あれ？　でもあの時、真っ先に猫の方を心配していたような。

もしかすると財前の死を悼《いた》んでいるのは演技なのかもしれないと、水月の胸中に疑念が渦巻く。まさか、彼女と財前との間には公にできない秘密があったのだろうか。

考え込んでいた水月は、ふと、古城が自分を見ていることに気付いた。

「……何だよ」

「いや、鳳は弁明しないのかと思ってね」

「こっ、この野郎、俺も疑ってんのか！」

水月は喉を振り絞って叫んだ。

「当然だろう。君にだってアリバイはないのだから」

「アリバイも何も、俺はずっと寝てたじゃないか」

水月と古城は相部屋だった。古城が部屋まで運んでくれたことは何となく覚えている。ならば、朝まで一緒だったはずだ。

「僕は君を介抱した後、一階に戻ったんだ。そしてしばらくの間、財前博士、虎太郎さん、高杉さんの三人と酒を飲んだり、ビリヤードに興じたりしていたんだよ」

「じゃあ尚更だろ。その場にいなかった俺が、博士を殺すことなんて不可能だ」

「まあな。ただ、博士は途中で抜けていたんだ。『明日に備えて休む』と言い残してね。あれは確か、午後十時ぐらいだったか」

古城の言葉に、高杉が頷いた。

「そうそう。僕たちはそれからもリビングに残っていたんだ。そこから二時間くらいポケットビリヤードで遊んでいたかなぁ……。虎太郎くんがやたらと上手くてね。見たこともない大技を連発するから盛り上がっちゃったんだ」

「確かに虎太郎さんの腕前はプロ顔負けでしたね」古城は頷くと、

「どうだい鳳。犯行が午後十時から十二時にかけて行なわれたとすると、その間一人だった君にはアリバイがない。それに犯行現場は君が寝ていた来賓室と同じ二階にあった。一階のリビングにいた僕たちの目を盗んで犯行に及ぶことは充分に可能だったろう」

「そ、それを言うなら白峰さんはどうなんだ。彼女も一人だったんだろう？」

水月は反論してから、しまった、と後悔する。案の定、白峰は非難の目でこちらを睨んでいた。悪くない。

「私を疑っているんですか？　確かに昨日は、財前先生よりも早く部屋に戻って休みました。だけど、それからは一歩も外には出ていません！」

「そうだぞ鳳。白峰さんを犯人だと決めつけるにはまだ早い」

誰も決めつけてねぇ、と言い返す気力も失《う》せていた。水月はぐったりとソファーに凭《もた》れると、

「分かった。先を続けてくれ」と蚊の啼《な》くような声で言った。

「言われるまでもない。さて、博士の死亡推定時刻は今のところ、昨晩の午後十時から、死体が発見される今朝の午前八時まで。ふん、これでは開きがありすぎる――高杉さん！」

「な、何だい？」

「あなたの見立てで構いません。博士が死亡した時間帯を割り出すことはできますか」

「人間は専門外だけど、できなくはないよ。ただ――」高杉は困ったような顔で、

「僕は死体をよく見ていないんだ。古城くんに部屋に入らないよう言われていたし」

「おっと、これは失礼を。ではどうぞ。思う存分、検死をしてきてください」

「ええっ⁉　現場保存はいいのかい？」

「非常事態ですからね。手早く頼みますよ」

高杉は「人使いが荒いなあ」とぼやき、どたばたと駆け出して行った。ものの数分で彼は戻ってくると、

「やっぱり人の死体は苦手だなぁ……。あくまで見立てだけど、今朝の午前一時から午前五時までの間だと思うよ。ついでにスフィンクスの死体も検死してみたけど、財前さんが殺された

時刻とほぼ同時と考えていいんじゃないかな、うん」

それを聞いた水月は胸を撫で下ろす。その時間帯ならば、自分には部屋で寝ていたというアリバイがある。なぜなら古城も十二時には二階の部屋に戻っていたはずだからだ。しかし――、

「なあ古城。これってつまり、全員にアリバイがない、ってことじゃないのか」

「そうなるな。でも僕は犯人じゃない」

「その自信はいったいどこから来るんだ」

「君が知る必要はない」古城はすげなく切り捨てると、

「では皆さん、今朝の午前一時から五時までの間、自分のアリバイを主張できる方はいますか」

その問いに答えられる者はいないようだった。恐らく誰もが寝ていたのだろう――否《いな》、犯人を除いた全員か。

「どうやらアリバイから追いかけても真相には辿り着けないようですね。なら趣向を変えましょう。直截《ちょくせつ》な物言いになりますが、博士が死んで得する人間は誰か、という話です」

その言葉に場が凍りついた。水月は頭を抱える。頼むからこれ以上空気を乱さないでくれ。とても耐えられそうにない。

「ありきたりなところですと、遺産などはいかがでしょう」

古城の指摘に、全員の目が動いた。視線を一身に浴びたのは、

「お、俺じゃねぇ！　だいたい親父の遺産なんて興味ねえよ。あんな髑髏の山、受け取ってどうしようっていうんだ！」

それは言えてるな、と水月は虎太郎に同情する。自分なら即、質屋にでも入れるだろう。財前には祟《たた》られるかもしれないが。

「そうですかね。僕にとっては素晴らしい宝の山なのですが。死体現場に残っていた十三髑髏なんて、喉から手が出るほど欲しい逸品です。何より色合いが見事だ。特に鍵束を咥えていた一番奥の髑髏なんて身震いするほどでしたね」

「馬鹿言ってんじゃねぇよ。その髑髏は無色透明だったろうが」虎太郎が吐き捨てる。

すると横から口を挟んでくる男が一人、

「遺産目当てだったところで、虎太郎くんには無理だよ」

「た、高杉さん？」

虎太郎に「どういう意味ですか」と迫られた高杉は、ばつの悪そうな顔で、

「財前さんはもう死んじゃったし、言ってもいいのかな。以前、スフィンクスを診察しに髑髏邸を訪れたことがあって、その時彼に教えてもらったんだ。『自分の財産は白峰薫に遺贈する』って。既に遺言状も書いてあるらしいよ」

「なっ、何だよそれ！　ありえねぇだろ！」

虎太郎が絶叫した。該当者の白峰も驚愕に目を見開いている。

「まあ、相続人には遺留分を請求する権利があるからね。遺産の半分くらいは手に入ると思うけど」

「は、半分……」

頭を抱えた虎太郎が呻《うめ》く。

「そんな、遺贈なんて。わ、私、どうすれば……」

名前の如く顔を蒼白にした白峰が、膝の上に置いた手を握りしめる。すると古城が「狼狽《うろた》えることはありませんよ」と、珍しく真摯《しんし》に答えた。

「白峰さんにも遺贈を放棄する権利はあります。ですが、ここは博士の恩情に報《むく》いるべきだと思いますね」

「でも、それじゃあ虎太郎君に申し訳ないわ。私は家族ですらないのに」

「血の繋がりがすべてではありません」古城は正面から白峰を見つめる。

「いつの時代だって変わらない。人は自分にとって最も大切な者に、自分の最も大切な物を遺してきたのです。その想いは世代を超え、受け継がれていく。そこには血縁も血筋も血脈もない。万物は受け継がれるべき人間の元へと必ず辿り着く。これこそが僕の信条であり、信念だ。だからこそ僕は導かねばならない。『場違いな工芸品』をあるべき場所へと――真にその想いが受け継がれるべき場所へと還す」

古城の目には一切の迷いも曇りもない。

「これがオーパーツ鑑定士たる僕、古城深夜の宿命だ」

この瞬間、機は決した。

「あなたが苦しむ必要はありませんよ、白峰さん」

古城は穏やかに言う。


「すべてのＰＡＲＴＳは揃った」


古城は右腕を掲げると、その人物に向けて、指先を鋭く突き出した。

「犯人は――」

5

「虎太郎さん。あなたです」

古城に名指しされ、虎太郎は唖然とした表情を浮かべた。

「こ、虎太郎くんが犯人だって？　じゃあ彼は実の父親を――」

高杉が飛び上がって虎太郎から距離を取った。白峰はというと、目の前で何が起きているのか、ほとんど理解できていない様子だった。頻りに首を振っては、古城と虎太郎を見比べている。

「俺が、この俺が親父を殺した、だと？」ようやく虎太郎が口を開いた。

「鑑定士だか詐欺師だか知らねえが、好き放題言いやがって……。なら言ってみろよ。俺がどうやって親父を殺したのか。てめえに分かんのかよ！」

勢いよく立ち上がり、こめかみに青筋を立てた虎太郎が唾を撒き散らす。古城に摑み掛かり、そのまま絞め殺してしまいそうなほどの迫力に怯えたように、白峰が両手で耳を塞《ふさ》いだ。

「やめて、虎太郎君！　お願いだから」

白峰に懇願され、虎太郎が言い淀《よど》む。が、霧散しそうになった怒りの矛先《ほこさき》は、すぐさま再び古城へと向けられた。

「はったりだ……。お前はカマを掛けてるだけだ。俺は騙《だま》されねえぞ」

「はったりかどうかは、僕の話を聞いてから判断することをお勧めしますよ」

古城はゆっくりと立ち上がると、虎太郎と正面に向かい合う。

「本当のことを言いますと、財前博士が死んでいたあの部屋に踏み入った時から、僕は既に疑っていました。博士を殺害し、現場を偽装したのは虎太郎さん、あなたではないかとね」

「う、嘘《うそ》だ」

「嘘じゃありません。むしろ、あなた以外に考えられなかったほどです」

古城は再び手帳を取り出すと、現場の再現図が描かれたページを開いた。

「部屋のドアには内側から鍵が掛かっており、鍵束も室内にありました。一見、密室のように思えるこの現場、実は密室でも何でもない。なぜなら密閉された状態ではなかったのですから」

「そ、そうか！　猫用扉。スフィンクスが出入りするためのフリードアがあるじゃないか！」

高杉がはっとしたように叫ぶが、

「あれ？　じゃあ、犯人はスフィンクスってこと？」

と、首を傾げた。古城は苦笑しながら否定する。

「まさか。彼女は犯人たり得ませんよ。猫にはナイフを突き立てることも、死体を机の上に運び上げることも、髑髏を並べることもできないのですから」

「そりゃそうだ。猫が人殺しなんてするもんか」

猫耳メイドのプリントシャツを着込んだ高杉が胸を張ると、

「じゃあ、犯人はどうやって部屋に出入りしたんだろう？」

「この別荘にいる人間は、鳳を除いて全員、博士とは気心の知れた仲だと聞いています。部屋を訪ねれば、簡単に入れてくれるでしょう」

問題は部屋から出る時です、と古城は手帳を振った。

「鍵束は一つ。持ち出してしまえば、他殺を疑われ、せっかく苦労して自殺に見せかけた偽装が水の泡になってしまう。言うまでもなく、ドアを開けたままにしておくのは論外です。ではどうしたか？　その答えは現場に隠されている」

古城は再現図を掲げると、ドアから見て一番奥に置かれた髑髏を指し示した。

「鍵束を咥えた髑髏は部屋の最奥にありましたが、ドアが閉ざされた時、この髑髏は最も手前にあったのです」

「な、何だってぇ？　ん、いや、待てよ……これってまさか――」

高杉が仰《の》け反《ぞ》ると、古城は頷いた。

「高杉さんには想像できたようですね。あなたもその目で見ていたのですから分かるでしょう。彼の能力については、ね」

「馬鹿な……そんな馬鹿な」

魚のように口をぱくぱくさせている高杉に、白峰が問い掛ける。

「高杉さん、いったいどういうことなの？」

「これは――いや、古城くんから聞いた方がいい。彼の方が上手く説明できるだろう」

「古城さん」

白峰が古城に目を向けると、彼は優雅に腰を折った。

「お任せください。さて、このトリックを完成させるには、とある技能が求められる。それは」

古城は虎太郎を見据えて言った。

「撞球《どうきゅう》。ビリヤードの技量です」

「――ぐっ」

その瞬間、虎太郎の表情があからさまに揺らいだ。その反応は、古城に確信を抱かせるのにこれ以上ない動きをしたようだった。

「実に大胆な発想だ。虎太郎さんは、水晶髑髏をビリヤードの球に見立てたのです。彼は博士を殺害し、髑髏を並べた後、その中の一つをドアのすぐ側に置いてから部屋を出た。恐らく指紋を残さないようにグローブか何かを手に嵌めていたのでしょう。そして、ドアの外側から鍵を掛け、猫用扉から手を差し込んで、置いてあった髑髏に鍵束を噛ませたのです。続いて、反転させた髑髏を狙い、事前に用意していたキューを構えて、部屋の外から撞《つ》く。フローリングにワックスが掛けられていたのは、髑髏を滑りやすくさせるためだったのでしょう。髑髏は滑らかな動きで進み、博士が横たわる机の下を通り抜け、部屋の最奥で止まる。十三個の髑髏が凸凹に並んでいたのもそのためです。完全な円弧に沿って髑髏を置くのは至難の業《わざ》だ。すべての髑髏に雑貨を咥えさせたのも、鍵束から目を逸《そ》らさせるためのカモフラージュです。こうして彼は、鍵束を咥えた髑髏を最奥に撞き出すことに成功した。しかし――」

古城はいったん言葉を区切ると、声を潜めた。

「正直これだけでは心許《こころもと》ない。虎太郎さんはもうひと手間加えることで、物理的な密室ではなく、心理的な密室を構築したのです」

古城は手帳に描かれた髑髏の中で、今度は最もドアに近い髑髏を指し示した。

「虎太郎さんが部屋を出る直前、予《あらかじ》めドアのすぐ内側に置いてあった髑髏はもう一つあった。それこそがこの手前に置かれた髑髏です。虎太郎さんは鍵束を咥えさせた髑髏を強く撞いた後、続けざまにもう一つの髑髏を弱く撞いた。こうすることで、最奥の髑髏とドアとの間に、もう一つの髑髏が配置され、言うなれば壁が作られるのです。この壁に阻まれ、最奥の髑髏が猫用扉の先にあることが見え難くなる。創意工夫に富んだ、実に鮮やかな手口でした」

白峰がはっ、と目を見開くと、

「もしかして、スフィンクスが殺されていたのは……」

「ええ。配置した髑髏の並びを崩されたくなかったからでしょう。とりわけ手前の髑髏が生命線だった。せっかくの壁を猫に壊されてしまったら泣くに泣けない」

「そんな、それだけの理由で……」

白峰が泣き崩れる。やはり財前の死よりもスフィンクスの死を悼んでいるように見えるが、この局面で口を挟むようなことではないだろう。

虎太郎が弱々しげな声で呟いた。

「証拠が、ないだろ。そんな推理、証拠がなきゃ憶測にすぎねえ」

虎太郎は最後の抵抗を試みる。が、古城の牙城《がじょう》を崩そうとするには、あまりにも不用心だったと言わざるを得ない。罠《わな》に掛かった獲物を弄ぶかのように、古城は唇を舐《な》めると、

「そもそもあなたの犯行は不完全だったんです。当初の計画では、ドアが破られた後、死体発見の混乱に乗じて、あなたは現場に残された証拠をこっそりと処分するつもりだったのでしょう」

「お前まさか――」

一瞬で虎太郎の顔が蒼褪める。

「もちろん気付いていましたとも。床に置かれた髑髏をじっくり観察させてもらいましたが、薄《う》っすらと残っていましたよ。滑り止め用のチョークの粉がね」

「く、うううううっ……」

古城の最後通告を受け、虎太郎は遂に膝から崩れ落ちた。嗚咽《おえつ》する彼を見下ろしながら、古城は更に追い打ちをかける。

「ビリヤードでは、手球とキューの摩擦力を大きくすることを目的として、キューの先端にチ

ョークが塗られます。一般的に目にするのは青色のチョークですが、当然その色にも種類がある。手前の水晶髑髏は緑青色でしたが、付着していたチョークは濃い緑色をしていました。ちなみに最奥の透明の髑髏には白いチョークが付着していました。色合いを寄せることで、チョークが目立たないようにしたのでしょう」

「そ、そこまで計算されてたってのかい」高杉が呻く。

「色についてはまだありますよ。虎太郎さんが鍵束を咥えさせた髑髏は無色透明のものでしたが、これにもれっきとした理由がある。いいですか、透明ならば髑髏を通じて部屋の中が見通せるのです。髑髏を撞いて机の下を潜《くぐ》らせ、奥に配置した二つの髑髏の合間で止まるように狙うためには、正確に位置を見極める必要があった。だからこそ無色透明の水晶髑髏が選ばれたのです」

古城はそこまで話すと、悠然とソファーに腰かけた。地を這う虎太郎を見下しながら、止めの宣告をする。

「これだけでも充分でしたが、虎太郎さんは僕が仕掛けた罠に綺麗に嵌まってくれました。僕は皆さんをリビングに集めてからずっと、水晶髑髏の色については敢えて言及しませんでした。ですが虎太郎さん、あなたは知っていた。最奥の髑髏が無色透明であることを。ほかでもないご自分がそう口にされていました。死体発見時、僕は誰一人として現場に入れさせませんでした。虎太郎さんも例外ではありません。なのになぜ、あなたは最奥の髑髏が無色透明であることを知っていたのか？　答えは一つ。あなたがその目で見て、その手で撞いたから、それ以外に考えられない」

ビリヤードで使われる球の数は、最大十五個。死体発見時、古城が『十五ではなく十三だ』と狂ったように叫んでいたのは、暗にこのことを示していたのだ。

この中でビリヤードを嗜《たしな》むのは、故人も含めると、財前、虎太郎、高杉、古城の四人。恐らく、古城はわざと高杉を一人で検死に向かわせたのだろう。彼が犯人ならば髑髏に付着したチョークの粉を処分する絶好の機会だったはずだ。後で、警察が髑髏を検《あらた》めた際、チョークが残っていれば虎太郎が犯人、綺麗に拭き取られていれば高杉が犯人だと絞り込める。虎太郎が口を滑らせようが滑らせまいが、古城にとっては些細なことだった。

彼は幾重にも罠を張り巡らしていたのだ――。

二日酔いの頭で水月は思い出す。

水晶髑髏の目は運命を見通すという。キューを構えた虎太郎は、髑髏の目を通して確かに見ていたのだ。父親の運命の成れの果てを。

やがて、遠くからパトカーのサイレンが聞こえてきた。古城は満足げに微笑むと、

「間に合ったようですね。これが財前博士への鎮魂歌《レクイエム》になればいいのですが」

古城は、ふと思い出したように首を傾げた。

「どうした鳳。さっきから黙り込んで、一言も喋ってないじゃないか」

水月は恨めしげな目で古城を見遣ると、

「お前のせいだ」

怨嗟《えんさ》の籠った台詞を最後に、盛大に嘔吐した。

＊

数日後。

都内某所にあるカフェにて二人はのんびりと珈琲《コーヒー》を啜《すす》っていた。

「虎太郎さんが自供したらしい」

古城の言葉に、水月は顔を上げる。

「動機は何だったんだ？」

「よくある話さ。君になら想像がつくんじゃないか？」

「――金か」

「ああ。しばらく前にギャンブル中毒になって大負け続き。借金で首が回らなくなっていたらしい。すぐにでも大金が用意できなければ、回らなくなった首を切られるところだったそうだ」

「虎太郎さん、どうして財前博士に正直に打ち明けなかったんだろう」

「家庭の事情ってやつだろうさ。僕たちが知らなかっただけで、親子仲は相当悪かったらしい」

「そりゃそうか。何せ遺贈相手に白峰さんが選ばれたくらいだったからなあ」

白峰の名前が口を突いて出た瞬間、水月は顔を顰めた。すかさず古城が意地の悪い笑みを浮かべる。

「美しく芳しい思い出だな」

「頼むから蒸し返さないでくれ……」

元はと言えば古城が悪いのだ。長々と推理を開陳されたせいで洗面所に駆け込む機会を失い、挙句リビングを汚す羽目になった。あの日、吐物塗れになった水月を、白峰は汚物を見るような目ではなく、汚物を見る目で眺めていた。何かに目覚めそうになったが、きっと気のせいだろう。

当然、連絡先を交わすことなどできたはずがない。白峰と出逢《であ》うことは二度とあるまい。

「その手で実の父親を殺めたんだ。虎太郎さんの遺留分は認められない」

古城は珈琲を掻き混ぜながら言った。

「これで十三髑髏は晴れて白峰さんの所有物となったわけだ。僕の仕事は、一応半分は達成されたことになるかな」

「『場違いな工芸品』をあるべき場所へと還す、か」水月は古城に尋ねてみた。

「で、もう半分は何なんだ」

「決まっているだろう」古城は珈琲を呷《あお》ると、

「十三髑髏の鑑定さ。残念なことに、あの髑髏は証拠品として警察に押収されてしまったからね。やれやれ、果たしていつになったら鑑定ができることやら」

溜息を吐く古城を前に、水月にはどうしても聞きたいことがあった。

「それにしても驚いたよ。お前、推理なんてできたんだな」

「愚問だな」古城は鼻で嗤《わら》うと、

「僕を誰だと思っている。オーパーツ鑑定士だぞ。君だって言っていただろう。オーパーツのほとんどは眉唾だ。だからこそ僕は、ほかのどの鑑定士よりも真贋《しんがん》を見極める力に秀でていなければならない。殺人事件の真偽の一つや二つ、僕にとっては造作もないことだ」

「はあ……」

——納得できるようなできないような。

水月は最後に残った疑問を投げかける。

「なあ古城、お前、自分は絶対に犯人じゃないって言い張ってたけど、どういう根拠があったんだ」

「ああ、そのことか」

古城はさらりと言ってのける。

「猫だよ」

「猫ぉ？」

「そうだ。何が起ころうと、僕は絶対に猫を殺したりなんかしない。よく言うだろう？　猫は三代祟るものってね」

「ただの迷信かよ」

水月はがっくりと肩を落とした。

財前父子《おやこ》はどこで道を誤ったのだろう。虎太郎は猫を殺したから追い詰められたのか、そして財前は十三個の水晶髑髏を集めてしまったゆえに命を落としたのか。

――いや、違うな。

水月は目の前にある自分の顔をじっと見つめる。

――髑髏邸にこいつが招かれ、居合わせたことが元凶なんじゃないのか？

そんな考えが頭を過《よぎ》り、水月は苦笑した。誰の影響か、いつの間にか自分も魔術的思考になってしまっていたらしい。

だが、存外それは悪くない気分だった――。

うららかな晩春の陽光に包まれ、他愛のない時間だけが過ぎていく。
非日常な二人《ドッペルゲンガー》の男の、ありふれた日常がそこにあった。

鑑定FILE　NO・1
『十三個の水晶髑髏』
鑑定延期

第二章

浮遊

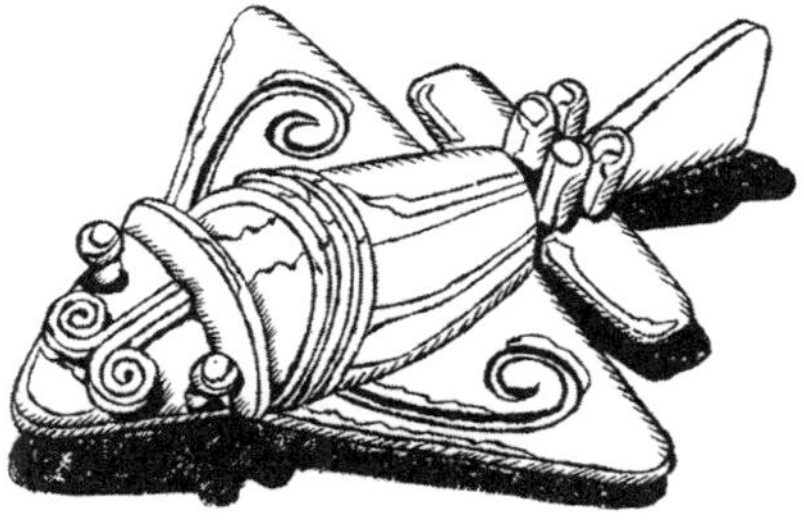

1

「凄い人の数だな」

鳳水月は周囲の様子に圧倒されていた。

奥多摩《おくたま》湖畔の林間区域。普段ならば人の姿の方が珍しく映るような、のどかな田舎風景が広がっている。天候は快晴。軽い散策にはうってつけの環境だった。

しかし、この日に限ってそんな悠長な雰囲気は欠片《かけら》も感じられなかった。辺り一面、肌がひりつくような緊張感が漂っている。

なぜなら水月の目の前では、紺色の制服を纏った警官たちがひしめくようにして駆けずり回っていたからだ。隅の方には数台のパトカーも停められている。何か不穏な事態が起こっていることに疑いの余地はなかった。

――さて、どうしたものか……。

水月は、とある男から掛かってきた電話のことを思い起こす――。

＊

数時間前、午前の講義を終えた水月は大学の近くにある定食屋で食事を済ませた後、その足で最寄りの駅へと向かっていた。

次の講義は夕方からだった。以前は講義の合間にアルバイトのシフトを入れていたのだが、ここ最近の水月の懐にはそれなりの余裕があった。切り詰めなくても何とか生活していくだけの蓄えはある。無理してバイトを入れる必要もない、と考えた水月は、駅前にある古本屋で時間を潰そうとしていた。

水月の携帯電話に唐突に着信が入ったのは、古本屋に足を踏み入れたまさにその瞬間だった。

「――鳳。今どこにいる」

電話の相手は雇用主だった。

「大学の近く。駅前の本屋に入ったところだ」

「よし。そのまま電車に乗って、これから言う駅で降りろ。そこからタクシーに乗り換えて、今からメールで送る住所まで来てくれ」

「また呼び出しかよ」

「安心しろ。今回は泊まりじゃない」

古城深夜は低い声で嗤っていた。この嗤い方は、彼が良からぬことを企《たくら》んでいる時のものだ。

水月は慎重に探りを入れる。

「またオーパーツの鑑定か？」

「よく分かったな。君にもようやく僕の相方としての自覚が芽生えてきたと、前向きに捉えておこう」

古城は一人で勝手に盛り上がっている。訂正するのも面倒臭くなった水月は、本屋を出て再び駅の方へと歩き出した。

「で、今度はいったい何の鑑定なんだ」

「ああ。水晶髑髏も素晴らしかったが、今回の品も同じくらい期待できそうな代物だ。君もきっと気に入るだろう」

「勿体振るなよ。教えてくれ」

水月は頼んでみたが、古城は「来てからのお楽しみだ」と、取り付く島もなかった。古城には、おあずけをして楽しむという傍《はた》迷惑な癖があるらしい。

「何だよ。つれねえな」

「そう機嫌を損ねるなよ。今回はオーパーツだけじゃない。君にもメリットのある話なんだ」

水月が口を尖《とが》らせたのをまるで見ているかのように、古城は言った。

「俺にメリット？」

水月は眉を顰めた。残念ながら古城の感性は一般人のそれと大きくかけ離れている。大方、ろくでもない話だろうと警戒しながら、彼の言葉に耳を傾ける。

「そうだ。以前、君は記者もとい報道関連の仕事に就きたいと言っていただろう？」

「言ったな、確かに」

「僕の知り合いに警察関係者がいるんだが、ちょうど今、同じ場所にいるんだ。この機会にぜひ、君に紹介できればと思ってね。警察関係者に顔見知りがいれば、記者にとっては大きなアドバンテージになるはずだ」

「そりゃ、そうかもしれないが」水月は口籠る。

「俺はまだ記者なんかじゃないし、一介の学生風情が警察と面識を持っても、大して役に立たないと思うが」

「遠慮するなよ。悪い人ではないから、そこは安心してもらって構わない」

警察が悪人だったらどうしようもないだろ、という言葉を呑み込み、水月は考える。

あまり気は進まなかったが、人脈に勝る宝はないとも考えられる。少なくとも水月にとってはオーパーツなどという胡散臭さ全開の骨董品よりも、遥かに現実味のある宝に思えた。

「午後の講義は自主休講だな」

「急げよ。最寄り駅の名前は――」

歩きながら喋っていたので、水月は既に駅の構内まで来ていた。ＩＣカードを取り出し、改札を通り抜けると、ちょうど特別急行の電車がホームに入ってきたところだった。これはついている。ささっと電車に飛び乗り、片手で口元を覆いながら早口で言う。

「電車に乗った。いったん切るぞ」

「ああ。指定場所まで来たらまた連絡をくれ」

水月は携帯の電源を落とすと、目の前にあった吊革を摑んだ。

車体はゆっくりと動き出し、加速していく。水月は車窓からぼんやりと外を眺めた。

——そういや、誰を紹介してもらえるのか訊きそびれたな。

あのオーパーツ鑑定士の知り合いだ。美化した言い方で個性的な人、悪意ある言い方で変人がお出ましになることは目に見えているが——。

——せめて話の通じる人だったらいいんだけど……。

だが、水月の淡い期待は無残にも打ち砕かれることとなる。

その瞬間は、およそ一時間半後に訪れるのだが、それもまた彼にとっては知る由《よし》もないことだった。

＊

大勢の警官を前に、水月は落ち着かない気分になっていた。

既に向かいの方では「関係者以外立入禁止」と印字された黄色のテープが張り巡らされている。水月は困り顔で左右を見回した。

いくら探しても古城の姿が見えない。水月は携帯を取り出すと、古城の番号を呼び出した。きっかりコール三回で電話が繋がる。

「――鳳か。着いたのか？」

「ついさっきな。なあ古城、お前はどこにいるんだ？　こっちは警官の山だぜ。まさか、また妙な事件に巻き込まれたんじゃないだろうな」

「ひとまずその話は後だ。君こそどこにいるんだ。そこから何が見える？」

「えっと、正面に一戸建ての馬鹿でかい屋敷があるけど、封鎖されていて入れそうにない。そのほかには、脇の方に大きな川が流れている。川幅も広いし、水深もそれなりにありそうだ」

「ちょっと分かり辛《づら》いな。試しに手を振ってみてくれ」

水月は言われた通り、大きく手を振った。

「どうだ？」

「駄目だ、見つけられん。仕方ない。『古城』と大声で叫んでみてくれないか」

「えっ、さすがに恥ずかしいんだが」

「僕もすぐに大声を返してやるから安心しろ。さあ、早く」

古城に促され、水月は溜息を吐いた。こうなれば自棄《やけ》だ。すぅ、と大きく息を吸ってから、ありったけの大声で叫ぶ。

「古城！」

するとその途端、あれほど忙しそうに走り回っていた警官たちが、一人の例外もなく、ぴたりと動きを止めた。恐るべきことに、全員がじっと水月を見つめている。

——な、何だ？

期せずして注目の的となった水月は、地面に縫い付けられたかのように動けなくなってしまった。手の平に嫌な汗が滲《にじ》む。

——ん？　あれは《い》——。

皆が停止している中、警官たちの間を通り抜けて、奥の方から一人の女性が近付いてくる。女性は水月の目の前に立つと、無言のまま腕を組んだ。

——綺麗な人だな……。

紅一点。男性ばかりの警官たちに囲まれ、若い女性の姿はひと際目立っていた。清涼感のある黒髪を頭の後ろで一本に結わえている。勝気そうな目元といい、服の上からでも分かるほど引き締まった身体といい、女流剣士の風格を漂わせている。

「あ、あの」

もしや彼女が古城の知り合いなのかと、水月が声をかけようとした、まさに次の瞬間だった。

「この――愚弟！」

一分の隙もない構えから繰り出された正拳が、水月の鳩尾《みぞおち》を直撃する。

「ごっ……ぎが、ががっ――ぎご」

反射的に体をくの字に折り曲げた水月の口から、暗黒面に堕《お》ちたモンスターの名前のような音が漏れ出る。話せば分かる、と命乞いをする暇もなかった。激痛激痛激痛激痛快感激痛激痛激痛。そのまま窒息死するのではないかと、本気で思った。

「絶対に外に出るなと、あれほど言っておいたのに！　こんなところで徘徊《はいかい》しているとはね。それだけじゃ飽き足らず、大勢の前で、実の姉を名字で呼び捨てにするだなんて。あんた、お父さんだけじゃなく、いよいよ私にも牙《きば》を剝くつもりなのね」

何やらお叱《しか》りを受けているようだが、水月には理解できなかった。そんな余裕があるはずがなかった。脂汗を流しながら、水月は前のめりに蹲《うずくま》る。内臓は無事なのか、肋骨《ろっこつ》は折れていないか。後生だから追撃は勘弁してくださいと、女性もとい天に祈る。

「あれ？」

水月を見下ろしていた女性が首を捻る。

「深夜。あんた、いつの間に着替えたの？　例の喪服みたいな格好じゃなくなってるけど」

すると、聞き覚えのある高笑いが頭上から鳴り響いた。

「――く、ははは、ふははははは！　あーはっはっはっはっ！　くくくっ、ふははは！」

「う、嘘っ!?」

女性はぎょっとしたように振り返る。その視線の先には、屋敷の二階に備え付けられた窓があった。開け放たれた窓から身を乗り出し、こちらを指差して大笑いしていたのは、オーパーツ鑑定士こと古城深夜だ。

「傑作だ！　まさかここまで上手くいくとはね。くははは！　まったく、動画で撮っておけばよかったな。惜しいことをした。こんな愉快な思いは久しくないぞ。ははは！　見るがいい、姉上のあの阿呆のような顔を！　これだけで飯三杯は食える！　ははは――」

ようやく痛みが引いてきた。水月が真っ青になった顔を起こすと、あたふたと慌てている女性と目が合った。

「あ、あなた、いったい何者なの？」

水月は涙目になって答えた。

「後で……弟さんを一発殴ってもいいですか……？」

2

水月が手を下すまでもなかった。

先ほどまで古城が大爆笑していた二階の一室。叩きのめされ、痙攣《けいれん》している彼を冷ややかに見下ろしながら、水月は溜飲《りゅういん》が下がる思いだった。

弟に鉄槌《てっつい》を下した女性が息を整えるのを見計らい、改めて彼女に挨拶する。

「初めまして。俺は鳳水月といいます」

「おおとり、すいげつ君。珍しい名前ね。どんな字を書くのかしら？」

水月は財布を取り出すと、挟まっていたレシートの裏に自分の名前を書いて見せた。

女性は書かれた名前を、しげしげと眺めると、

「なるほどね。ちょっと古めかしいけど、素敵な名前ね」

「よかったな……鳳。死にかけの爺《じい》さんみたいな名前だとさ……」

足元の古城が呪詛《じゅそ》を吐く。女性は容赦なく彼を踏みつけて黙らせると、

「私は警視庁捜査一課の古城まひる。階級は警部補で、一応この馬鹿の姉。よろしくね」

まひるは笑顔を浮かべながら右手を差し出したが、反射的に水月は身を引いていた。また正拳が飛んでくるのではないか、と本能が警告を発したらしい。その反応を目にしたまひるの笑

顔が強張った。

「あー、えっと……。ごめんなさい……」

「い、いえ。あれは勘違いだったのでしょう？　俺は気にしてませんから」

水月は何とか笑顔を作ると、まひるの手を取った。決して口にはできないが、女性離れした鉄のように固い拳《こぶし》だった。

「ありがとう」

ほっとした顔でまひるが言うと、その下からすくっと古城が起き上がった。

「忘れられない出逢いになったようだね、何よりだ」

「深夜。もう一度地に伏したいの？」

まひるが指の関節を鳴らしながら唸《うな》る。古城は片手を掲げてそれを制すと、水月に耳打ちした。

（恐ろしいだろう？　こんなのが警察の中枢にいるんだ。日本が軍国主義に戻るのも時間の問題だな）

（確かに厳しそうな人だけど……）

（甘いな鳳。姉さんの異名を知っているかい？　鉄の拳に正しい妻と書いて、『鉄拳正妻《てっけんせいさい》』さ）

「鉄拳——正妻ぃ？」

耳に届いたのか、まひるがこちらを睨んだ。慌てて頭を下げてから古城に尋ねる。

「ど、どういう意味だよ」

「鉄拳制裁ならぬ鉄拳正妻。こう見えて、姉さんは検挙率だけで見れば全国トップクラスなんだ」

「それは凄いな」水月は素直に感心する。

「でも、それでどうして『鉄拳正妻』になるんだ？」

「鉄拳については言うまでもないな。君も身をもって知ったことだろう」

古城は苦笑すると、

「姉さんは相方が男性だと、なぜか実力以上の能力を発揮するようでね。いつの間にか、そんな通り名が付いていたらしい――と、噂をすればだ」

水月たちのいる部屋に誰かが入ってきた。古城は服に付いた埃《ほこり》を払うと、背筋を伸ばした。

「お久し振りです。御子柴《みこしば》警部」

「深夜君じゃないか。やっぱり君がいたか！」

快活な笑い声を上げながら、髪にやや白いものが混じった中年の男性が言った。

上背こそないが、肩幅があり、ダブルジャケットのスーツを見事に着こなしている。柔和な顔に刻まれた皺《しわ》からは人の好さが滲《にじ》み出ていた。古城への気さくな態度からも、気前のいい親戚のおじさん、といった印象を抱いた。

「遅くなったね、古城君。関係者への聴取は進んでいるのかな」

「これから取り掛かるところです」

まひるが答えると、男は「上々」と頷いた。

「毎度毎度、非番の日に限って殺しが起きるんだからなぁ……。老体にはちと堪《こた》える」

「こ、殺しって、殺人ですか？」

水月が思わず声に出すと、男は驚いたように、

「深夜君には双子の兄弟がいたのか⁉」

「いえ、俺は……」

説明しようとすると、古城が前に進み出た。

「御子柴警部。彼は大学の同期なんです。ご覧の通りの風貌ですが、まったくの赤の他人なんですよ」

「ほ、本当かい？　いや、それにしては君たち、あまりにも似すぎてないか。何だか、よからぬことに活用できそうだなぁ」

「まさか」

古城は笑い飛ばしたが、水月は冷や汗をかいていた。現職の刑事の前で堂々と嘘が吐けるほ

ど肝は太くない。

「なら挨拶をしておかないとな。警視庁の御子柴和弘《かずひろ》だ。古城君の直属の上司にあたる。よろしく——ええと」

「鳳です。鳳水月といいます」

「鳳君か。深夜君とは長い付き合いなのかね」

「いえ。今年知り合ったばかりです」

「そうか。いやはや、どんな気分なんだろうな。自分と同じ顔をした人と出会うってのは」

「ショックで心臓が止まるかと思いましたよ」

「だろうなぁ」御子柴は、がはは、と豪快に笑うと、

「おっと、心臓が止まるで思い出した。古城君。被害者は今どこに」

「既に搬出されました」

「両方か」

「はい」

するとと、古城が会話に割り込んだ。

「姉さん。被害者の死因は？」

「どうして部外者のあんたに教えなくちゃいけないのよ」

「部外者じゃないさ。僕だって立派な『容疑者』だろう。話を聞く権利ぐらいあると思うね」

水月は茫然とする。

「古城、お前まさか、遂にやっちまったのか？」

すると古城は不愉快そうに鼻を鳴らした。

「遂にとはどういう意味だ。まるで僕が犯罪者予備軍みたいじゃないか」

水月は素直に否定できなかった。「悪い悪い」と言葉を濁すと、

「でも容疑者なんだろ。今度は何に巻き込まれたんだ」

「殺人事件だよ。この屋敷の主人が死んでいた」

「この前と同じように？」

「ああ。だが少し違うな」古城は天を仰《あお》ぐ。

「被害者はもう一人。奥方も死体となって見つかった。そして何よりも、今回は『完全な密室殺人』だ」

＊

経緯は次の通り。

事件当日の午前十時。古城を含め、三人の人間がこの屋敷を訪れた。

三人は屋敷の主人が主催するコレクション展に招かれていたらしい。主人は正式な公開日に先駆けて、親交のある面々を特別に招待したのだそうだ。

主人の名前は相馬《そうま》公博《きみひろ》（享年三十八歳）。大学に籍を置いていた頃から考古学を専攻しており、卒業後は単身アメリカに渡り、現地の遺跡発掘チームに加わっていたという。

数々のプロジェクトに携わる中で、数年前に同僚だった女性、ミランダ・フローレンス（享年三十歳）と結婚。

結婚後もしばらくの間、夫婦で研究を続けていたが、二年前に相馬の実父の持病が悪化する。

そのため、相馬とミランダ夫人は、一時的に日本に移り住むことにしたらしい。

移住してからしばらく経ち、ある日、相馬の元にアメリカの発掘チームから連絡が入った。

その内容は、チームが新たに手掛けることとなった、特別な発掘プロジェクトへの参加の誘いだった。

相馬は夫人と話し合い、再び単身で渡米することにしたという。

その結果、相馬の貢献もあり、プロジェクトは予想を遥かに上回る成功を収めた。

チームの了解を得て、相馬は「戦利品」を日本へといったん持ち帰ることにした。愛する妻への土産として、そして以前から企画していた展示会での目玉として。

　これが、二人が命を落とす数ヶ月前のことだったという。

　展示会の準備は順調だったそうだ。今回の悲劇がなければ、素晴らしい催し物になっていただろう、と古城は悔しそうに話した。

「その『戦利品』とやらはいったい何だったんだ」

　相馬夫妻の過去を聞き終えた水月が口を開く。

「どうせオーパーツ絡みなんだろうが、意味もなくお前が勿体振るから、結局まだ教えてもらえてないままだ」

「相馬さんの口から聞いた方がいいかと考えていたんだがな。死人に口なし。仕方ない。僕から話そう」

　古城は訥々《とつとつ》と話し始めた。

「南米コロンビアの首都、ボゴタには世界的に有名な博物館が存在する。その名も『国立《こくりつ》銀行《ぎんこう》付《ふ》属《ぞく》黄金《おうごん》博物館《はくぶつかん》』。この博物館には三万点以上の出土品が収蔵されているが、中でも群を抜いて高名な工芸品がある。それが、『黄金シャトル』だ」

「聞いたことがあるな。名前の通り、スペースシャトルやジェット機を模った黄金細工のことだろう？」

「ああ。巷《ちまた》では、『黄金スペースシャトル』や『黄金ジェット』など、様々な呼び方が用いられているが、同種と捉えてもらって構わない。大きさにして数センチ、制作された年代は、およそ六世紀から九世紀にかけてだと言われている。南米には十三世紀以降、インカ帝国という先住民国家が成立し、繁栄を迎えるが、この黄金シャトルはインカ帝国以前の文明、『プレ・インカ』と総称されるいくつかの文明が興《おこ》った時代に作られたとされている」

「なるほどね。話の流れから察するに、相馬さんの『戦利品』ってのは黄金シャトルのことだったんだな？」

「そうだ。相馬さんの所属する遺跡発掘チームは、南米の密林でいくつかの黄金シャトルを発掘した」

「へえ！　そいつは驚いた。この世にまたとない貴重な遺物なんだろう？」

「またとない、というのは誇張だな。黄金シャトルは世界各地で、既に複数個発見されている。現に、ボゴタの黄金博物館に保管されている黄金シャトルの数は、優に十個を超えている。それぞれ微妙に形状が異なるが、基礎となる作りは同じだ。――これがその写真だ」

古城は上着の内ポケットから手帳を取り出すと、挟まっていた写真を抜き取って、掲げて見せた。そこには三角翼《さんかくよく》と尾翼を備えた、摩訶《まか》不思議な物体が写されている。

「黄金シャトルはその形状から、発見当時は鳥や魚を模したものだと考えられていた」

「鳥や魚って、スペースシャトルはどこにいったんだ？」

写真を見た水月が尋ねると、古城は「発端は一九七二年まで遡《さかのぼ》る」と咳払いをした。

「アメリカの動物学者にして超常現象研究家のアイヴァン・T・サンダースン博士が黄金シャトルについてこんな説を掲示した。『この黄金細工は、飛行機の機首《きしゅ》、操縦席、主翼、胴体、垂直尾翼、水平尾翼を備えている』と」

「確かに、見た目だけなら飛行機に見えなくもないな」

「だろう？　サンダースン博士は自説を裏付けるため、飛行機の技師やパイロット、航空工学や航空力学の学者たちに依頼して黄金シャトルの解析を行なった。すると驚くべきことに、誰もが黄金シャトルの飛行能力について肯定的な見解を示したという。例えば、アメリカの航空工学専門家、アーサー・ポイスリー博士は『主翼の三角翼は動物の翼とは思えず、垂直に立った尾翼は飛行機独特のものである』と述べたほか、ヘリコプターや飛行機の設計技師の権威であるアーサー・ヤングをして、『垂直尾翼の外観を見る限り、ある種の航空機を暗示している』と言わしめたという。ヤングは同時に、黄金シャトルの形態は大気中の高速飛行体にそぐわないと言い、大気圏外から地上まで降下してくる着陸船に相応《ふさわ》しいとして、『ジェット機』ではなく『スペースシャトル』を表しているのではないか、と唱えたそうだ」

「構造については分かったけど、本当に飛ぶのか、これ」

水月が懐疑的な目を写真に向けると、

「それが飛ぶんだな」と、古城はにやりと嗤った。

「ドイツのパイロットで飛行機模型制作家のペーター・ベルディングを中心に、黄金シャトルを一メートルほどの大きさに再現し、リモコン式飛行機にして飛ばす、という実験が行なわれている」

「と、飛んだのか？」

「離着陸だけでなく、曲がったり回転したりと、高難度な飛行にも成功したそうだ」

「完全に飛行機だな」

「黄金シャトルはコロンビアだけでなく、ベネズエラやペルー、中央アメリカのコスタリカなどでも、類似した黄金細工が見つかっている。そして、ペルーにはあの伝説の地上絵、『ナスカの地上絵』が存在する。黄金シャトルとナスカの地上絵、この二つのオーパーツに何らかの関連性があったのではないか、と指摘する者もいるくらいだ。一説には、太古の時代、ナスカの地上絵はスペースシャトル用の滑走路だったのではないか、と見なすものがある。まったくもってロマン溢《あふ》れる話じゃないか」

「ロマンはあるが無理もあるな」

水月が引き攣った顔で呻くと、古城も心なしか元気がなくなったようだった。

「まあな。種を明かすと、黄金シャトルのエピソードには単純明快なトリックが使われていてね。黄金シャトルとして持ち上げられているのは、数ある黄金細工の中のごく一部なんだ」

「つまり、飛行機っぽく見える物だけを選んでいる、ってことか？」

「正確無比な要約だ」古城は頷いた。

「同じ遺跡から発掘された黄金細工には、もっと魚や鳥に寄せて作られた工芸品が数多く存在する。尾翼がなかったり、羽やヒレが付いていたり、とかな」

「噂には尾ひれがつきものだからな」

水月は我ながら上手い例えだと満足したが、古城は当然のように無視した。

「それらの黄金細工には明らかに魚や鳥、そして昆虫を模したものがあるそうだ。魚や鳥がモデルなら、流体力学的に理に適《かな》った形状をしていてもおかしくはない。黄金細工の有力なモデルは、南米に生息するプレコ——正式名称プレコストムスというナマズではないか、と言われている」

「す、スペースシャトルから一気にナマズか。落差が激しいな」

「とはいえ、そもそも魚や鳥ではないか、という説は黄金シャトルの発見時から既に提唱されていたからな。堂々巡りの末、元の鞘《さや》に収まったことになる」

古城は写真を仕舞うと、まひるの方を向いた。

「姉さん。関係者の事情聴取はこれからするのか？」

「他人事みたいに言うなっての。先に断わっておくけど、あんたも聴取の対象なんだからね。被害者が死亡したと思われる時間帯に、あんたは現場にいたんだから」

まひるが溜息を吐くと、古城は「構わないさ」と両手を広げた。

「一つお願いがある。関係者への聴取は、全員を一堂に集めて同時に行なってくれないか」

「な、何でよ」

まひるが問い返すと、

「僕もほかの二人の証言を聞きたいんだ。この事件を解決するためにね」

「お、おい古城。それは警察の仕事だろ」水月が焦って諫《いさ》める。が、

「殺しだけならな」という返答に目を見開く。

「どういう意味だ」

次の瞬間、水月は古城の目に、穏やかな怒りと、揺るぎなき決意の炎を垣間見た。

「犯行は相馬夫妻の殺害だけじゃない。相馬さんが日本に持ち込んでいた黄金シャトルが盗まれていたんだ。

いいかい、鳳。僕はオーパーツ鑑定士の誇りにかけて、黄金シャトルを取り戻さないといけないんだよ」

それも警察のお仕事ですが、と突っ込みたかった。が、野暮な真似だと水月は口を噤《つぐ》む。大見得を切った古城の手前もある。せっかくの見せ場を台無しにするのは、さすがに気が引けた。後は警察が何と言うかだが――。

3

「馬鹿深夜！　あんた、自分が何言ってるか分かってんの」

――ですよね。

鉄拳を構えたまひるを見ながら、水月はご愁傷さまだ、と古城に同情したのだが、

「まあまあ、古城君。落ち着きなさい」

御子柴がまひるを宥《なだ》めた。当然、彼女は困惑したような声を上げる。

「でも御子柴さん、一般人を捜査に加えるようなことは――」

「彼は既に現場を見てしまっているし、事態も正確に把握している。それに」

御子柴は悪戯っぽく微笑むと、

「深夜君の能力には一目置いているんだ」

「し、しかし」まひるはなおも食い下がるが、

「今回の事件には、深夜君の専門分野も深く絡んでいるようだ。アドバイザーとして隣に立っ

ていてもらう分には問題あるまい」

　御子柴に説得され、まひるは渋々頷いた。そして古城を睨み、

「ついてきなさい」

と言うと、身を翻して、さっさと部屋を出て行ってしまった。水月は古城と顔を見合わせるが、

「ははは。相変わらず彼女は深夜君には厳しいな。ほら、待たせるとまた怒られるぞ。行こう」

　御子柴に肩を叩かれ、まひるの後を追う。

　一同が向かった先は、屋敷の一階にあるラウンジだった。

　テラスに隣接した開放的な空間。外からは涼やかな初夏の木漏《こも》れ日が差し込んでくる。白を基調にした部屋の中央には、細長いテーブルが置かれており、テーブルを取り囲むようにしていくつかの椅子が並べられていた。

　椅子には既に二人の男女が座っていた。二階から降りてきた水月たちに気付いたのか、男の方が振り返って席を立つ。男は程よく日焼けした顔を綻《ほころ》ばせて白い歯を見せた。

「ああ！　あなた！」

　男は足早に駆け寄ってくると、水月の手を取った。

「黄久能《ホアン・ジウナン》、私の名前です。あなた、鳳水月サン。間違いないですか」

大陸の出身だろうか。黄と名乗る男に特徴的なイントネーションで話しかけられ、水月は面食らう。黄は人懐っこい笑みを浮かべたまま、

「凄い《ヂインレン》！　古城サンと瓜二つ。双子ないのに。私、驚いた！」

「あ、あの」

「話、聞いた。古城サンに」

助けを求めるように水月が視線を移すと、古城は苦笑しながら頷いた。

「彼は相馬さんの親友だった。黄さんは以前、日本の税関で密入国者だと間違われたところを、相馬さんに助けてもらったことがあるらしい。それ以来の付き合いだそうだ」

「キミヒロ、優しい奴でした。誰にでも。ミランダのことも大切にしてた。ミランダも私に親切でした。美味しい料理、振舞ってくれました」

「ミランダさんとは、奥さんのことでしたよね？」

水月が訊くと、黄は「是《シー》」と頷いた。

「それなのに二人とも……。私、残念です」

しょんぼりと肩を落とす黄。友人を二人いっぺんに失ったのだ。彼の心中を思うと、安易に慰めの言葉を掛けることは躊躇われた。

ラウンジに沈黙が下りる。図らずも相馬夫妻への黙禱になったが、誰かの間延びした声が静

寂を破った。

「あたしたち、いつまでこうしてればいいのかしら。早いとこ帰らせてもらえるとありがたいのだけれど」

黄と一緒に、椅子に座っていたもう一人だった。派手な化粧をした女で、胸元の大きく開いた桃色のドレスを着崩している。眠たげな垂れ目といい、厚ぼったい唇といい、初心《うぶ》な男なら虜にされてしまうような、官能的な魅力を放っている。

「鳳、鼻の下が伸びているぞ」

「伸びてねぇよ！」

慌てて否定するが、その慌てぶりが、逆にそれらしく見えたのかもしれない。まひるが皆に聞こえるように咳払いをしたのは恐らく偶然ではないだろう。

「失礼しました、雨宮《あまみや》さん。聴取が終わればお送りしますので、もう少しだけ我慢してくださ い」

「お客さんが待ってるの。あたしだけの身体じゃないから、そこのところ、よろしくね」

「鳳、息が荒いぞ」

「荒くねぇよ！」

息ではなく声を荒らげる水月に、雨宮と呼ばれた女性が妖《あや》しく微笑む。

「雨宮レイカよ。後で名刺をあげるわ。興味があったらお店に遊びにいらっしゃい」

「お、お店ですか」

赤面する水月の頭を、古城が叩《はた》いた。

「彼女は歯科医だ。何を想像している」

「えっ」

水月は蒼褪め、そして、まひるに泣きついた。これ以上恥を掻かされるのは御免被《こうむ》りたい。

「まひるさん！　俺のことは放っておいてください。早く話を進めてください！」

「はいはい。それじゃまず、死体現場のおさらいから始めましょうか」

全員がテーブルに着くと、まひるが立ち上がって話し始めた。男勝りな女性の顔から、すっかり刑事の顔に変わっている。

「事件現場はこの屋敷の二階にある相馬公博氏の自室。今日の午後十二時四十四分、部屋の中で折り重なるようにして、相馬氏とミランダ夫人の二名が死亡しているのが確認されたわ。第一発見者は、ここにいる古城深夜、黄久能、雨宮レイカの三名。相馬氏が開催する予定だった展示会に先駆けて、屋敷に招待されていた最中、事件に巻き込まれた」

まひるは足元の鞄から、青色の捜査ファイルを取り出して捲っていく。

「死亡推定時刻は今朝の午前十時から正午にかけて。相馬夫妻の死因はそれぞれ異なっていて、鑑識の調べでは、相馬氏は刃物で心臓を刺されたことによる失血死。凶器は死体に残されていた。一方のミランダ夫人は、後頭部への強い衝撃による脳挫傷。何らかの鈍器による殴打の可能性もあるけど、こちらについては現場から凶器が発見されることはなかったわ。それに、現場から失われていた物は凶器だけじゃない。部屋の保管棚が開いていて、相馬氏が展示する予定だった黄金シャトルがなくなっていたの」

「事件の概略はそれぐらいでいいよ、姉さん。それよりも大事なことがあるだろう」

古城が口を挟むと、まひるは「言われなくても分かってるわよ」とファイルを捲った。

「特筆すべきは、現場が『密室』になっていたということね。死体発見時、部屋のドアも窓も、内側からしっかりと鍵が掛けられていた。相馬氏とミランダ夫人の姿が見つからなくなり、異変に気付いた三人は、相馬氏の自室へと向かった。呼び掛けても返答がなかったため、三人はドアを破って部屋に押し入った。その時、部屋の中には間違いなく誰もいなかったと全員が口を揃えて証言しているわ。その後の警察の調べで、部屋の鍵が相馬氏の服の中から、この屋敷にもう一つある合鍵もミランダ夫人の服の中から見つかった。死体発見後は、誰も死体に近付いておらず、誰かがこっそりと鍵を忍ばせた可能性はないと、三人はお互いに証言しあっている――こんなところかしら」

「さすがキャリアは違うね。要点を絞った、実に理路整然とした説明だったよ」

「御子柴さん」

まひるは古城の拍手を無視すると、御子柴に話し掛ける。

「現在、自殺と他殺の両方の線から捜査に当たるよう指示を出しています。率直なところ、御子柴さんはどちらだと思いますか」

「現場が密室ならば普通は自殺だろう。しかし、今回はいささか事情が異なる。なぜなら、殺人だけでなく盗みも起きているからね。第三者の介入も視野に入れるべきだろう」

「ですね」まひるは鋭い視線を古城に向ける。

「本当に偶然なんですが、私の知り合いに、胡散臭いガラクタを命よりも大事にしている変態がいるんです。そいつなら黄金シャトル欲しさに、自らの手を血で汚すかもしれません」

「へえ、そんな奴がいるのか。どうしようもないろくでなしだな。姉の顔が見てみたい」

「何ですって?」

「ちょ、ちょっと待った。こんなとこで姉弟喧嘩《きょうだいげんか》を始めないでください」

火花を散らしている古城姉弟の間に水月が割って入る。

「まだこの三人の中に犯人がいると決まったわけではないでしょう。外部犯の可能性は考えられませんか」

「玄関に備え付けられている防犯カメラの映像から、今朝、この三人が屋敷を訪れてから事件が発覚するまで、誰一人として屋敷に入っていないことが確認されているの。窓は閉まっていたし、二階からの侵入も不可能だったはずよ」

「で、でも、この三人にだって犯行は不可能でしょう？」

「なぜかしら」

「相馬さんは刃物で刺されていたと聞きます。犯人は少なからず返り血を浴びているはずです。それに、盗み出した黄金シャトルをどうやって持ち出し、隠したのでしょう。不審な動きをすれば、嫌でも目立つと思いますが」

「その通りだ。誓って言うが、事件の前後、僕たちの中に不審な行動を取った人間はいないぞ」と古城。

「服についても同じだ。誰の服にも返り血など付いてはいない」

「是《シー》。私もそう、思います。ただ――」

黄も頷くが、どこか浮かない顔をしている。

「黄さん、何か気になることが？」水月が尋ねると、

「服。ミランダの服。いつもと雰囲気、違ってました」

「どう違ってたんですか」

「ミランダ、とてもお洒落《しゃれ》好きでした。服に一番お金使う。そう言ってました。日本だと、ブ

ロンドに似合う服があまりない、言ってました。今日も綺麗な服で、私たち歓迎してくれました。だけど、私たちが死体見つけた時、彼女着替えてた。上も下も真っ黒。古城サンみたいに」

「それは僕も気になっていたな」古城は首を傾げる。

「彼女にしては珍しく、色香《いろか》のない服装だったから記憶に残っている」

「そうそう。頭の先から足の爪の先まで、全身黒ずくめだったわ」と、雨宮も頷いた。

「服か……」

水月は小声で繰り返してみたが、今一つ考えが纏まらない。すると、まひるが、

「鳳君。仮にこの三人が共犯関係にあるとしたら、どう？」と、尋ねてきた。

「ぜ、全員共犯だった、ってことですか」

水月は面食らったが、ふと気付いた。まひるの言う通り、全員が共犯ならば、ドアを破った後に鍵を室内に置くことも、黄金シャトルを盗み出して隠すことも、返り血が付いた服を処分することも可能だ。

「鳳。まさか君、僕らが内輪で返り血を浴びた服を処分しただなんて考えていないだろうな？」

「ど、どうして分かったんだ？」

びくり、と仰け反った水月に、古城が溜息を吐く。

「単細胞め。服が変わっていたら矛盾が生じるだろう。僕たちが屋敷を訪れた時の防犯カメラ

の映像と比較すれば一目瞭然だ」

　水月はなるほどと手を打った。

「もし着替えていたとしたら、過去の映像の中で着ている服と、今着ている服が異なる、ってことか」

「ああ。同じ服を二着持ち込む方法もあるが、既に全員が手荷物検査を受けて潔白が証明されている。返り血を処分するためなら、予め全裸に近い姿で犯行に及び、その後血を洗い流す、という手もあるだろう。気になるなら、ルミノール検査でもしてみるがいいさ。徒労に終わるがな」

「服については分かったよ。でも、実際に黄金シャトルはなくなっているんだろ？　誰かが部屋に入ったことは間違いないはずだ」

「どうかしら。案外、最初からなかったのかもしれないわよ」と雨宮。

「最初からなかったって、どういう意味ですか」

「そのままの意味よ。黄金シャトルは、保管棚とは別の場所に仕舞われているんじゃないかしら」

「雨宮サン。それ違う、思います」と黄。

「私、少し前にもこの屋敷に来たこと、あります。キミヒロ、見せてくれました。黄金シャトル。保管棚に入っていた。間違いないです」

「あらそう。なら盗《と》られたのね」

雨宮はあっさり自説を覆すと、気だるげに頰杖を突いた。艶めかしい仕草に水月はぼんやりと魅入られていたが、

「外部犯でも内部犯でもないとなると、残るは自殺ですか」

まひるに訊くと、彼女は意味ありげに微笑んだ。

「これは勘だけど、私は自殺だと思うわ」

「はあ、女の勘ってやつですか」

「刑事の勘よ」

まひるが胸を張ると、向かいに座る古城が、処置なしとばかりに肩を竦めた。

「姉さんはこう言っているが、僕としては屋敷にいた全員のアリバイを確かめるべきだと思うね。そのための聴取だろうに」

「茶々を入れないでくれる？」まひるは人差し指を古城に突き付けると、

「それじゃあ古城深夜。まずはあなたから証言をしてもらおうかしら」

「お望みとあらば」古城は両手を広げると、

「そうだな……。午前十時に屋敷を訪れてから、基本的には全員ラウンジにいたんじゃないか

な。まあ、お互いに何回か席を立ったことは否定しないけどね。せいぜい二階をうろついたり、トイレに立ち寄った程度だろう。黄さんや雨宮さんも似たようなものだったと思うけどね。――ああ、もちろん相馬夫妻もだ。ただし、僕が夫妻を見たのは午前十時半が最後だった。まず、ミランダ夫人が『いったん自室に戻る』と言って二階に上がり、それからしばらくして相馬さんが同じように『自室に戻る』と言って二階に上がって行ったんだ。それからいつまで経っても二人が降りてこない。不審に思った僕らは、相馬さんの部屋へと向かった。鍵が掛かっていたので中にいると思い、声を掛けるも一向に返事がない。さすがにおかしい、と強硬手段に出てみれば、目の前には二人の変わり果てた姿があった――と、こんな顚末《てんまつ》だ」

「なるほどね。――黄さん。今の彼の話に、おかしな点はありませんか」

まひるが問うと、黄は「不《フー》」と首を振った。

「ありません。古城サン、言った通り。キミヒロとミランダ、十時半頃、いなくなった。それと」黄は記憶を辿るように目を細めた。

「私、古城サンと雨宮サンにこの屋敷、案内しました。以前、来たことあったから。どこが何の部屋か知ってました。確か、午前十一時から十一時半まで雨宮サンと一緒、午前十一時半から正午くらいまで古城サンと一緒、でした」

「深夜。それは本当？」

「ああ。時間までは覚えてなかったから適当に濁していたが。黄さんに感謝だな」

謝謝《シエーシエー》、と古城が言うと、黄の顔が綻んだ。

まひるは続いて雨宮に向き直ると、

「雨宮さん。あなたもしばらくの間、黄さんと二人で行動していたということで間違いないですか」

「ええ。それと彼は忘れているようだけど、古城さんとあたしはテラスでお喋りをしていたわ。ちょうど相馬さんたちが二階に上がって行った後だから、午前十時半過ぎかしら。それから三十分くらいお茶をしていたの」

ね、と雨宮に首を傾げられた古城は、

「そうでしたね」

と優雅に微笑む。それを見た水月は古城に怒りを覚えた。このラテン野郎、所構わず色目を使いやがって。後で歯医者の予約を入れておこう。

そこで古城が「ああ」と口を開いた。

「思い出した。確か、午前十一時頃だったんじゃないかな」

「何が」水月が問うと、

「その時分、川の方から奇妙な飛沫音が聞こえたんだよ。水面《みなも》はずっと穏やかだったから何となく気になってね。あの音はまるで――」

「魚が水面を跳ねたんじゃないのか？」

「いや、違う」古城は首を振る。

「あれは、何かが川に飛び込んだような、そんな音だったと思う」

古城は片目を閉じながらこめかみを指で叩いている。そこに、怒気を孕《はら》んだまひるの声が響いた。

「深夜。そんな証言、今初めて聞かされたんだけど」

「時間までは覚えてなかったから適当に濁していたが、雨宮さんに感謝だな」

ありがとうございます、と古城が言うと、雨宮の顔が綻んだ。

一方、まひるの顔は歪んでいた。

「あんた、偽証罪で捕まりたいの？」

「苛烈だな、姉さん。記憶にございません、だなんて幼稚園児から政治家にまで幅広く愛されている常套句《じょうとうく》だろうに」

「少し黙ってなさい」

鉄拳一閃《いっせん》。地を這う古城を無視して、まひるが続ける。

「つまり相馬夫妻の死亡推定時刻である午前十時から正午までの間、屋敷にいた三人にはお互

死亡推定時刻

	相馬	ミランダ	古城	黄	雨宮
A.M10:00～	ラウンジ	2階へ（10時半）	ラウンジ	ラウンジ	ラウンジ
A.M10:30～	2階へ（10時半過ぎ）		雨宮と行動	アリバイなし	古城と行動
A.M11:00～			アリバイなし	雨宮と行動	黄と行動
A.M11:30～			黄と行動	古城と行動	アリバイなし
P.M12:00～			ラウンジ	ラウンジ	ラウンジ
P.M12:44	死亡確認	死亡確認	死体発見	死体発見	死体発見

関係者時系列

いに認識し合っていた時間帯と、一人だった時間帯が混在しているということね」

「アリバイは、あってないようなものですね」

水月は頭の中で時系列を整理しながら、

「やはり自殺でしょうか。どちらかがもう片方を殺害した後、自害した。あるいは心中というケースも考えられますね」

「いい着眼点だわ」まひるは全員を見回しながら、

「ここ最近、相馬夫妻の周辺に、何か不穏《ふおん》な動きはありませんでしたか。どんな些細《ささい》なことでも構いません」

「不穏。私、あるかも」真っ先に黄が反応する。

「少し前から、キミヒロ、元気なかった」

「続けてください」

「ただ、詳細、分からないです。ごめんなさい。

訊いても、キミヒロ、教えてくれませんでした。何とか聞き出せたこと。ミランダと喧嘩した、そう言ってました」

「夫婦喧嘩ですか……。心中の動機とは真逆ですが、殺人の動機としてなら引き金になり得たかもしれません」

水月の指摘に、まひるも頷いた。

「夫婦喧嘩のことは念頭に置いておきましょう。——ほかには？」

その問いに、今度は雨宮が答えた。

「その件とは無関係だと思うけど、あたしも相馬さんに聞いたことがあるわ」

「教えてください」

「数週間前から彼、屋敷の周辺を変な男がうろつくようになった、って言って困っていたの。とはいえ、直接危害を与えてくるわけじゃないから、警察沙汰にもできない。それに、展示会を控えた大事な時期だから、できるだけ事を荒立てたくないって。そう言ってたわ」

変な男。水月は無意識に古城を見ていた。まひるの一撃が相当堪えたのか、いまだに床に転がっている。ほかの面々も同様に、目線を下に向ける。気配を感じたのか、古城が死にそうな顔でこちらを見上げた。

「——僕じゃ……ないぞ」

気の毒な話だが、この中の何人がその言葉を素直に信じられただろうか。ひれ伏す一人と見下ろす五人。その場には、もはや「こいつが犯人でいいんじゃないのか」と決めつけるような空気さえ漂っていた。

気まずい沈黙が流れた矢先、外にいた警官の一人がラウンジに飛び込んできた。

「御子柴警部！　古城警部補！」

どうやら全力疾走してきたらしい。警官は苦しげに呼吸しながらも、畏《かしこ》まって二人に敬礼をした。

「ご報告します。先ほど、屋敷の周辺にて不審な男を捕らえました」

一瞬の間を置いて、その場にざわめきが走る。まひるは警官に詰め寄ると、

「その男は今どこにいるの」

「ただ今、任意で同行を求めまして、もう間もなくこちらに到着する頃かと。ただ——」

警官はごくりと唾を飲み込んだ。

「取り乱しているのか、男は意味不明な供述を並べるばかりでして」

「供述内容は？」

まひるが尋ねると、警官は少し躊躇った後、小声で言った。

「その——ＵＦＯが撮れた、などと……」

ざわめきが一段と大きくなる中、倒れ伏す古城の身体が、ぴくりと反応した。

4

「獅子島直也《ししじまなおや》」

水月たちの前に連れてこられた男は、ぶっきらぼうに名乗った。

針のように細い体軀《たいく》と青白い細面のせいか、病弱な印象を受けるが、見た目に反して、やたらと活動的な格好をしていた。動きやすそうな半袖半ズボンとスニーカー。背中には登山用のリュックサックを背負っている。山歩きが趣味なのだろうか。

――風に吹かれただけで倒れてしまいそうだな。

屈強な山男とは程遠い獅子島を前に、水月はいらぬ心配をする。当の獅子島は、物珍しそうに部屋の中を見回していた。

「ふーん。中は結構広かったんだな。飾ってある物も、高そうなものばかりだ。ご主人には一度挨拶しておくべきだったたか」

独り言のように呟いている獅子島に、水月は何と声をかけるべきか考えあぐねていたが、

「獅子島さん！　あなた、ＵＦＯを撮ったというのは本当なのですか」

目を爛々《らんらん》と光らせた古城が獅子島に接近していく。獅子島は怯えるように身を引きながら、

「だ、誰だあんた。何でそんなことを訊いてくるんだ」

「これは申し遅れました。僕は古城深夜。オーパーツ鑑定士です。あなたの同志ですよ」

「オーパーツ――鑑定士ぃ？」

獅子島は素っ頓狂な声で繰り返したが、「ん？　ちょっと待てよ」と、宙を睨む。

「聞いたことがあるぞ。世界中を駆け回って、わけの分からん遺物にわけの分からん講釈を垂れ流す稀代の変人。名前は、そう」獅子島は目を見開いた。

「古城深夜！　あ、あなたがあの――」

「ご存知でしたか。これはお目が高い」

古城は満更でもないようだった。

「知る人ぞ知る一流の鑑定士ですからね、僕は。自分の功績を、自ら吹聴するのは三流、あまねく知れ渡ったところで二流、裏で都市伝説となるのが一流です」

獅子島は恐れと畏《おそ》れがない交ぜになった目で古城を見ている。堪らず水月は口を挟んだ。

「あの、獅子島さん。古城ってそんな有名人なんですか？」

「君は古城先生のご兄弟か？」

いつの間にか、古城が先生呼ばわりされている。水月は「違います」と全力で否定すると、もう何度目かになる説明を繰り返す。獅子島は、ぽかんとした表情でいきさつを聞いていた。

「俺と古城には血縁関係はありません」

ようやく納得したのか、獅子島は頷きながら二人を見比べていたが、

「これほど似てる別人ってのも珍しいな。もしよければ、写真を撮らせてもらっても構わないだろうか」

「写真？」

するとと獅子島は背負っていたリュックを下ろし、中から一眼レフのカメラを取り出した。

「俺はオカルト雑誌専門のライターなんだ。この近くに来ていたのは取材のためでね。何でも、ここらでＵＦＯを見たという人が何人かいるみたいでさ。噂を聞き付けた俺は、泊まり込みでこの周辺を張っていたんだ」

愛おしそうにカメラを擦る獅子島を見て、記者志望の水月は、こんなライターにはならないように気を付けよう、と心に決めた。

「今日はこの屋敷の周りでＵＦＯを探すことにしてね。何台かインターバル機能が搭載されたデジカメを設置していたんだが」

獅子島は興奮に身を震わせている。

「ついさっき、いったん成果を確認しようと思って写真を見てみた。すると、信じられないことに写っていたんだ！　白昼堂々、正真正銘の未確認飛行物体――ＵＦＯがね！」

「素晴らしい！　実に！　獅子島さん、あなたはＵＦＯ研究の歴史において、永久《とわ》にその名を残すこととなるでしょう」

「古城先生！　俺は――」

泣きじゃくる獅子島の肩を、古城が叩いている。何なんだこの茶番はと、水月は心の底からうんざりする。

「それで獅子島さん。肝心の写真はどこに」

「はい。ちょっと待ってください」

獅子島は服の袖で目尻を拭《ぬぐ》うと、リュックサックからタブレットを取り出した。どうやら既に画像データに落とし込んでいたらしい。写真画像を一枚一枚、丁寧に検めている。

すぐに彼は「これです！」という大声と共に、一枚の写真を指差してみせた。

「見えますか？　ほら、空のこの位置。円形に近い物体が写っているでしょう？」

獅子島の指は一枚のカラー写真を示していた。どうやら、屋敷とその横を流れる川との中間付近を撮った写真のようだった。背景には、屋敷の一部も写り込んでいる。

水月は目を凝らして写真を見つめてみた。

驚くべきことに、獅子島の主張する通り、写真には確かに黒い物体が写し出されていた。

雲一つない晴れ渡った空に、ぽつんと一つだけ、不可解な異分子が混ざっている。とてもじゃないが鳥や飛行機のようには見えない。宙に浮かぶＵＦＯだと言われても、即座に否定することができないほどには現実味のある光景だった。ただし――、

「これ……。ＵＦＯにしては小さすぎませんか」

水月が思わず漏らした疑問に、獅子島は敏感に反応した。

「そんなことはない！　未確認飛行物体、通称ＵＦＯは、必ずしも異星人が乗った移動装置だとは限らないんだ。地球を視察するための偵察機であったり、特殊な音波や電波を送るための中継機だと考える人もいる。大きさや形でＵＦＯを語るのは素人のやることさ」

「で、でも、さすがにこれは」

獅子島に熱く語られたが、水月の心は反比例するかのように冷めていく。

――あまりにも小さい。

データに落とし込まれた写真画像であったがゆえに、ある程度の拡大処理はできる。しかし、普通のカメラであれば肉眼で視認することすら難しかったのではないか。

早くも興味を失いかけていた水月だったが、ふと、古城の様子に変化があることに気付いた。

彼は眉間に皺を寄せ、睨《ね》め付けるようにして写真をじいっと見ている。いつもお気楽な古城にしては珍しく、険しい表情がそこにはあった。

「どうした古城」

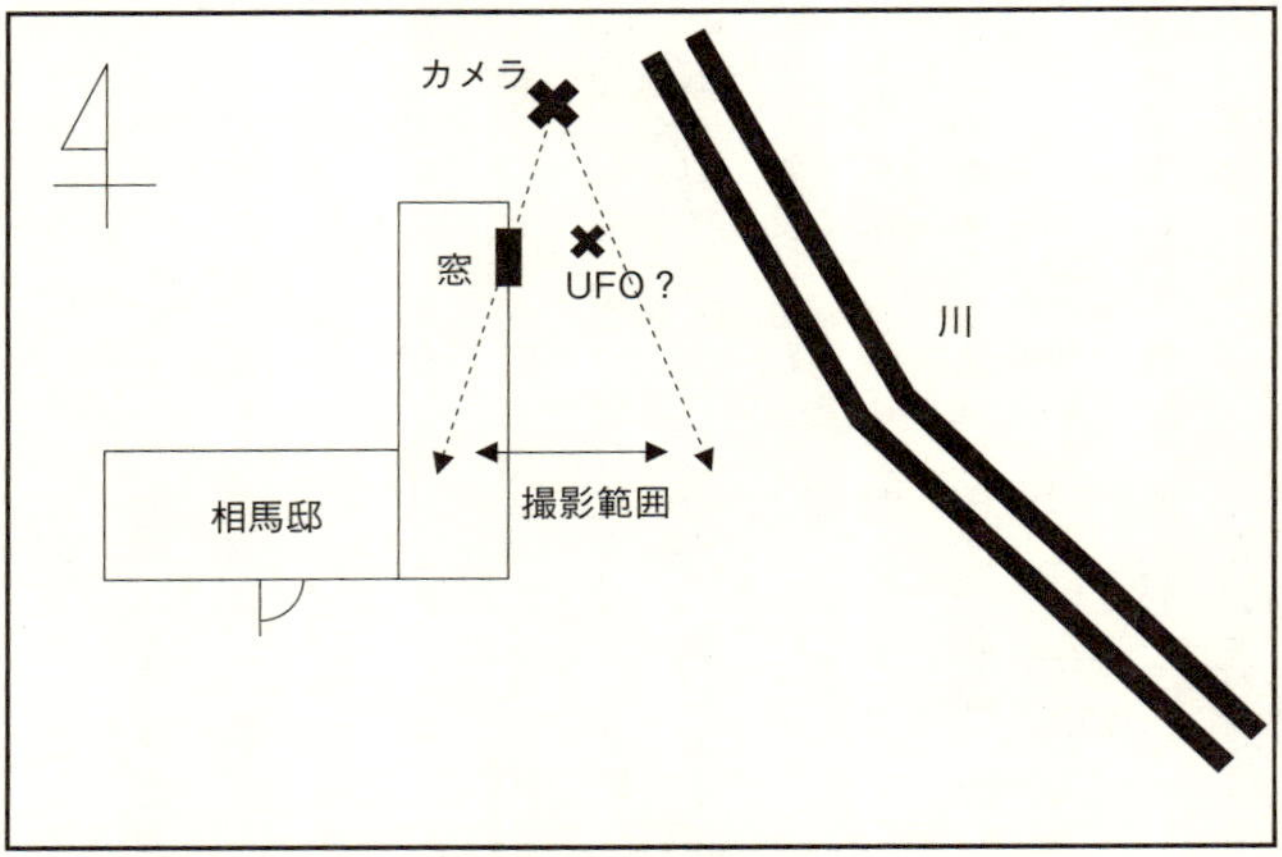

相馬邸周辺

水月が訊くと、古城は突然、獅子島から引《ひ》っ手繰《たく》るようにしてタブレットを奪った。たちまち獅子島が困惑した声を上げる。

「古城先生！　何を——」

「こ、これはおかしい。いや、絶対に変だ」

古城は片手を口に当て、何やら独り言を呟いていた——かと思うと、

「獅子島さん！」大声で獅子島の名を呼ぶ。

「はっ、はい！」

「この写真を撮ったデジカメの設置場所は？　屋敷の周辺とだけ聞かされていましたが、いったいどこに設置していたのですか」

「えっと……。この辺りです」

獅子島は地図を取り出すと、とある一点を指差した。屋敷を中心にして、北東に向かって少し離れた場所に設置していたらしい。古城は重

ねて尋ねる。

「では次の質問です。この場所に設置した撮影機の写真。ほかにもありませんか」

「ありますけど、ＵＦＯが写っているのはその一枚だけですよ。俺、念入りに調べましたから間違いないはずです」

　しかし、古城は首を振ると、

「構いません。見せてください」

「分かりました」

　獅子島はおずおずと手を伸ばし、タブレットを操作し始めた。ほかの面々も、古城の真意が汲《く》み取れず、お互いに顔を見合わせるばかりだった。

　獅子島の作業が終わると、古城は再度タブレットを手に取り、

「――これが午前十時の写真、そしてこれが午前十一時――っと、こっちは午前九時半か……」

　古城は無数に保存された画像を手際よく並べ変え、「鳳、頼みがある」と顔を上げた。

「デジカメが写した映像を、時間軸に沿って並べ直してみた。ちょっと見てもらえないか」

「わ、分かった」

　水月は言われた通り、画面に表示された写真に目を落とす。

「写真のどこに注目すればいい」

「風景じゃない。時間だ。それぞれの映像が撮影された時刻を見てくれ」

「時刻ね……。えーっと、順番に、午前九時、午前九時半、午前十時、午前十時半、午前十一時、午前十一時半、正午、午後零時半、午後一時となっているな」

古城は数ある写真の中からも、三十分おきに撮影された写真だけを選び取っていた。

「そうだ。——獅子島さん、一つ教えてください。この自動撮影機、何分毎に映像を撮影していたのですか」

「インターバルは十分毎で設定していました」

獅子島の回答を受け、古城は再び写真を睨む。

「おい古城。何か分かったのか」

「鳳、今度は写真に写り込んでいる屋敷に注目してみてくれ」

水月は改めて写真を眺める。すると、一連の写真の中の屋敷の映像が、微妙に変化していることが見て取れた。

「これは——」

「君も気付いたみたいだな。写真に写り込んでいるのは屋敷の二階。それも、ちょうど相馬夫妻が死亡していた部屋の外側に当たる。そしてこれらの写真には屋敷の外壁だけでなく、窓も写し出されている」

古城は数ある写真の中から、午前九時から午前十時半にかけて撮影された物を拡大させた。

「違和感は屋敷の窓にある。午前九時から午前十時半までの間、相馬さんの部屋の窓は閉まっていた」

古城の言葉通り、写真に写った窓は閉ざされていた。続けて彼は、午前十一時から十一時半にかけて撮影された写真を拡大すると、

「閉ざされていたはずの窓。しかし、午前十一時から十一時半にかけて撮影された写真では――」

「開いてる……」

まひるが呆然《ぼうぜん》と囁いた。

「それに、例のＵＦＯが写っているのもこの写真だわ。午前十一時。この写真にだけ黒い物体が空を飛んでいる光景が写っている」

「驚くのはまだ早い」

古城は次の写真を示すと、

「これらは正午から午後一時にかけて撮影された写真だ。同様に屋敷の窓に注目してほしい」

「……なぜ？　窓、閉まってる。また」

黄が小声で呟いた。雨宮も目を剝いて、食い入るように写真を見つめていた。

閉ざされていた窓は、いったん開かれ、そして再び閉ざされた。

——いったい何が起こったっていうんだ。

水月は混乱する頭で必死に考える。

密室で死んでいた相馬夫妻。消えた黄金シャトル。宙を舞うＵＦＯ。閉ざされては開き、そして再び閉ざされた窓——。

「埒《らち》が明かないな」

古城は渋々といった様子で、まひるに向き合うと、

「姉さん。レ、シ、ー、トを見返してみるといい」

「レシート？」

まひるが訊き返すと、古城は焦《じ》れたように片手を振った。

「さっき鳳からもらっただろう？　名前の字面を知るためにね」

水月ははっとした。まひるに自己紹介をした時のことを言っているのだろう。だが、なぜ今そんな話を持ち出したのか。

「深夜。今はそれどころじゃ——」

「いいから。早く」

古城はまひるの言葉を遮《さえぎ》った。まひるは悪態を吐きながらも、仕舞い込んでいたレシートを引っ張り出した。

「まったく、何をさせたいのやら」

まひるは何気なくレシートに記された文字に目を走らせる。その様子を水月たちは固唾《かたず》を呑んで見守っていたが、

「——そういうことね」

やがて、まひるは唇を嚙むと、憎々しげな視線を古城に投げた。そして御子柴の傍らに近付き、彼と連れ立ってテーブルから離れていく。

そのまま向こうで密談をしていたが、やがて話が纏まったのか、二人ともこちらに戻ってくる。

「皆さん。長らくお待たせしました」

御子柴は満面の笑顔で、全員に声をかける。

「皆さんのご協力のお陰で、事件は解決を見ました」

「ほ、本当ですか」

水月は腰を抜かしそうになった。自分の与《あずか》り知らぬところで、事件は終結を迎えたらしい。

だが、正直水月には納得がいかなかった。今の今まで事件に関わっていたはずが、いつの間に蚊帳《かや》の外に放り出されていたのか。流れが変わったのは、間違いなくまひるがレシートを手に取った瞬間だったが、紙切れ一枚で何が分かるというのだろう。

「それで、犯人は？」

全員の視線が御子柴に集中する。

しかし、その答えはあまりにも呆気《あっけ》ないものだった。

「相馬夫妻は——自殺と断定されました。皆さんはもう被疑者でも、重要参考人でもありません。すぐにでもご自宅にお送りさせていただきますので……。はい」

*

釈然としない想いを抱きつつ、水月は車に揺られていた。

覆面パトカーであるシルバー色のカローラ。まひるが運転し、助手席には水月が座っている。古城は後部座席だった。

屋敷を発ってからしばらくの間、静寂が車内を支配していたが、

「鳳君にはお礼を言わないとね」

高速道路に合流した辺りで、ぽつりとまひるが呟いた。驚いて尋ねる。

「俺、結局何もしてないんですけど」

「謙遜《けんそん》するなよ、鳳。今回の事件解決の立役者は、君だと言っても過言ではない」

古城までもがわけの分からないことを言い出した。水月はますます混乱する。

「教えてあげよう」

ドアミラー越しに、にやりと嗤った古城の悪人面が目に入る。

「犯人は――」

5

「相馬公博さんだ」

水月は思わず腰を浮かして振り返った。

「ど、どういうことなんだ。いや、そもそも何の犯人が相馬さんなんだ？　殺人か、それとも窃盗か？」

「全部だよ」

古城は水月の反応を楽しむかのように鼻歌を歌っている。

「相馬さんを殺害したのも、ミランダ夫人を殺害したのも、黄金シャトルを盗んだのも、すべて相馬さんが行なったことだ。ついでに例のＵＦＯ騒ぎにも相馬さんの思惑が絡んでいる」

「う、嘘だろ」

「嘘じゃないさ。そうだろう、姉さん？」

同意を求められたまひるは、不承不承といった様子で頷いた。

「癪な話だけどね」

「わ、わけが分かりませんよ。殺人犯も、窃盗犯も、それに被害者も同一人物だったなんて……。そんな話、到底信じられません」

「落ち着けよ、鳳。君の自宅までまだ結構な距離がある。真相を説明するだけの時間は充分にあるさ」

「手短にとは言わねえよ。教えてくれ、古城」

古城は「お望みとあらば」と、上機嫌に指を鳴らした。

「さて、どこから話したものか……。そうだな、まずは相馬夫妻の死因からにしよう。君は二人の死因を覚えているかい」

「確か、相馬さんが失血死、ミランダ夫人が脳挫傷だったよな？」

「そうだ。そしてもう一つ、現場には相馬さんの命を奪った凶器は残っていたが、ミランダ夫人を殺めた凶器は発見されなかった。これが強盗殺人ならば、二人とも同じ凶器で殺されているか、凶器が二つとも残されていなければおかしい。この場合、犯人にとっては、凶器を使い分ける必要も、凶器を片方だけ持ち帰る必要もないのだからな」

「なら、どうして片方だけ残っていなかったんだ？」

「凶器が残っていないのも当然だ。なぜならミランダ夫人は、部屋の中――恐らく床や壁などに頭を打ちつけて亡くなったのだからね」

「じ、事故だったのか？」

「事故。まあ、そういう見方もできるか」古城は目を細めた。

「えらく含みのある言い方じゃねえか」

「これは悲しいすれ違いだったんだよ。相馬さんには殺意はあったのかもしれない。だが、それは妻に向けられたものではなかったんだ」

　では誰に殺意を抱いたのか。水月にはますます分からなくなる。

「鳳。ミランダ夫人の死体には、一つ妙な点があっただろう？」

　水月は記憶を辿る。夫人の死体に残る違和感――それは、

「もしかして服装のことか？　そういや、お前と黄さんが話してたよな。ミランダ夫人は最初、

お洒落な服を着ていたのに、死体発見時は色香のない全身黒ずくめだった、って」

「色香のないとは失礼だな。僕へのあてつけか?」

「いや、お前が自分で言ってたんだろうが」

「ドッペルゲンガー漫才もいいけど、続きを話したら?」

まひるが可笑《おか》しそうに言った。

古城は咳払いすると、

「ミランダ夫人が着替えていたことには理由がある。午前十時半、彼女は『自室に戻る』と言い残して、二階へと上がって行った。彼女が着替えたのはその時だ。そして、着替え終わった彼女が向かった先が相馬さんの部屋だったんだよ」

「合鍵を使って部屋に入ったんだな?」

「そうだ。ミランダ夫人は合鍵を使い、首尾よく相馬さんの自室に忍び込むことに成功した」

「しかし、彼女の目的は何だったんだ? その行動からも、何か後ろ暗いことがあったのは分かるが――」

「一言で言ってしまえば、意趣返し、だろうな」

「はあ?」

「黄さんの証言を思い返してみろ。ここ最近、相馬さんとミランダ夫人の間には、何らかの確執があった。黄さんは相馬さんから『夫婦喧嘩で悩んでいる』と、相談を受けたと言っていただろう？」

「まさかそれが動機なのか？」

「ああ。動機もとい事の発端だな」

「ま、待てよ古城。痴情の縺《もつ》れっていうのならよくある話だが、順番が違わないか？」

「順番？　何の順番だ」

「いや、だって先に二階に上がって相馬さんの自室に入ったのはミランダ夫人なんだろ？　相馬さんに危害を加えるつもりなら、彼が自室に入ったことを確認してから忍び込まないと駄目だろう」

「その前提からして間違っているんだ。ミランダ夫人には相馬さんに直接危害を加えるつもりはなかった。彼女が傷付けようとしたのは相馬さんの誇りだった」

「誇り、だと」

「ミランダ夫人が相馬さんの自室に忍び込んだ目的。それは、彼の持つ黄金シャトルの中に偽物を紛れ込ませるためだったんだ」

その言葉に水月は戦慄する。まさか、まさかまさかまさか――。そんな悲劇が起こり得るとでもいうのか。

硬直する水月を見て、古城は穏やかに宣言する。

「すべてのPARTSは揃った」

鑑定の行方を、水月はただ黙って聞いていた。

「相馬さんのチームが海外で発掘した黄金シャトルは、紛れもない本物なんだろう。ミランダ夫人はその中に偽物を混在させることで、彼の誇りを傷付けようとしたんだ。本物と偽り、偽物を展示しようとしたことが明るみに出れば、考古学者としての相馬公博氏の名誉は地に堕ちる。ミランダ夫人の目的はまさにそれだった。だからこそ、このタイミングだったんだ。オーパーツ鑑定士たる僕が訪れるこの日。僕の鑑定の結果、黄金シャトルの一部が偽物だと判明し、相馬さんは公衆の面前で恥を晒《さら》すことになる——ここまでが彼女が立てた計画だったんだろう」

「でも、ミランダ夫人の計画は失敗した」

「夫人が工作を行なっているまさにその時、不幸にも相馬さんが部屋に戻ってきてしまったんだ。何せ真っ昼間だからな。万が一見つかってしまうことも考慮して、夫人は変装の一環として黒装束《くろしょうぞく》に着替えていたんだろう。動き回るのに適した服装を、という狙いもあったはずだ。しかし、それが悲劇の始まりだった」

「相馬さんは勘違いしてしまったのか……。誰かが保管棚の黄金シャトルに手を出している場面を見て、偽物を紛れ込ませているのではなく、本物を盗み出そうとしているのだと」

「無理もない。相馬さんじゃなくとも、そう考えてしまうだろう」

「相馬さんは夫人を不審者だと勘違いした。正しくその人物を認識することができなかった。つまりミランダ夫人の変装は服だけじゃない。当然、顔も隠していたということになる。そうか、その時彼女は覆面をしていたんだな？」

「もしくは目出し帽だな。だからこそ相馬さんは殺意を抱いたんだろう。得体の知れない盗人《ぬすっと》が自分の宝に手を出そうとしている。相馬さんはその覆面がミランダ夫人だと気付かないまま、二人は揉《も》み合いになり、結果として夫人は後頭部を打ちつけて亡くなってしまった」

「現場にミランダ夫人の血痕が残っていなかったのは、覆面を被っていたからか」

「覆面を外し、自分が殺したのが最愛の妻だったと知った時の相馬さんの絶望たるや、想像するに余りある。そのまま妻の後を追うことを決心するほど、深く暗い絶望だったんだろう」

勘違いという名の動機。この世界に神という存在があるのならば、なぜこのような悲惨な運命を人に強いるのか。水月は背筋が寒くなるのを感じた。運命という名の悪意。真に恐ろしいのは人ではないのかもしれない。

「相馬夫妻の死の真相は分かった。後追い自殺だったなら現場が密室だったことにも頷けるが、まだ分からないことがある。黄金シャトルはどこに行ったんだ。それにあのＵＦＯの正体はいったい何だったんだ」

「二つの謎は密接に繋がっている」

古城はペットボトルから一口水を飲んで喉を湿らせると、

「死を覚悟した相馬さんには為すべきことがあった。それは、自分の黄金シャトルに紛れ込んだ偽物の処分だ」

「まさか、黄金シャトルは盗まれたんじゃなくて相馬さん自らの手で捨てられたのか！」

「そして、そのために使われたのが、ミランダ夫人が被っていた覆面だった」

「そういうことか……！」

水月は片手で頭を抱える。

相馬はミランダ夫人が被っていた覆面に、本物と偽物とが混在したすべての黄金シャトルを詰め込んだのだ。そして、目と口の部分を縛るか、テープで塞ぐなりして飛び出ないようにし、放り投げるのに適した球体物とした。

仕上げに、相馬はそれを窓から投げ捨てたのだ。

「写真に写ったＵＦＯの正体は、膨らんだ覆面だったのか！」

「ここで一つの偶然が働いたわけだ。獅子島さんが設置していた自動撮影機は、奇《く》しくも、黄金シャトルが詰まった覆面を相馬さんが投げ捨てた瞬間を捉えていた」

放心している水月に、運転席のまひるが話しかける。

「私が真相に気付けたのは、あなたのお陰なのよ。鳳君」

「お、俺ですか？　そういえば、さっきもそんなこと言ってましたけど……」

「正確には君の名前。もっと限定すると、『名字』になるかしら」

「『鳳』ですか」

「黄金シャトルに関する深夜の薀蓄《うんちく》を踏まえて、その漢字を思い浮かべてみて」

「はあ」

水月は慣れ親しんだ自分の名前を頭に浮かべる。そして、黄金シャトル——。

不意に、脳裏に電流が奔《はし》った。

「え——。ええええええええっ⁉」

「ふふ。落ち着きなさい。ほら」

まひるは飲みかけのペットボトルを片手で水月に渡した。震える手で蓋を開け、一気に流し込む。が、興奮は治まらない。

「こ、これ……鳳って字——鳥が囲まれて——」

「正式な部首名は『かぜかんむり』、または『かぜがまえ』だ」と古城。

「これだから君とつるむのはやめられない。実に楽しませてくれる」

「古城。お前言ってたよな？　黄金シャトルは、魚や鳥を模った工芸品だ、って」

「そう。『鳳』という字面が連想させるんだ。『几《かぜかんむり》』に包まれた『鳥』から、覆面に包まれた黄金シャトルをね」

水月は脱力すると、座席に体を埋《うず》めた。ふと外に目を遣ると、ちょうど日が暮れる頃合いだった。遠い空の彼方。橙色の夕焼け空に浮かび上がる、黒い斑点。あれは、鴉《からす》だろうか。

「じゃあ今、黄金シャトルは――」

「屋敷の窓から投げ出されたのだとすると、必然的に行き先は絞られる。恐らく、隣を流れる川の中、川底に沈んでいるはずだ」

「すぐに探しに行こう」

水月は慌てるが、古城は平然としている。

「まだ駄目だ」

「ど、どうして」

戸惑う水月に、古城は今日一番の凶悪な笑顔を見せた。

「この事件に潜む、もう一人の犯人が水面上に浮かんでいないからさ」

＊

「魚が網に掛かったぞ」

古城からそんな連絡がきたのは、相馬夫妻の事件発生から数日が経過した頃だった。

「鳳、今どこにいるんだ」

「ん――、いや、ちょっと出掛けてて……。とにかく比喩《ひゆ》はいいから、分かるように言ってくれ」

水月が電話越しに早口で言うと、

「仕方ないな。聞いて驚くなよ。雨宮レイカが証拠隠滅罪と窃盗未遂の罪で捕まった」

「――そうか」

水月が答えると、古城の訝《いぶか》しむような声が返ってくる。

「何だ。驚かないのか?」

「まあな。予想はできていたさ」

水月は格好つけたが、内心は冷や冷やものだった。事件の後、雨宮の歯科医院に予約しようとしたら、長期休業になっていたので閃《ひらめ》いた、などとは口が裂けても言えない。

「拍子抜けだが、まあいい」と古城。

「御子柴警部から教えてもらったんだ。一昨日、相馬さんの屋敷をひっそりと見張っていたところ、潜水道具一式を抱えた雨宮さんが現れた。彼女はそのまま川の中に入り、川底から黒い袋を引っ張り上げて、浮上した。そこで敢えなく御用となったらしい」

「雨宮さんは知っていたんだな」

「そうだ。彼女は黄金シャトルが川底に沈んでいることを知っていた、もしくは感付いていたんだろう」

「それにしても、雨宮さんはどうして分かったんだろう。普通、あの現場を見ただけじゃ、黄金シャトルがどうなったのかなんて気付けないと思うが」

「恐らく、雨宮さんは事前に目撃していたんだ。覆面を被った誰かが、屋敷をうろついている場面をな」

「そんなこと、どうして言い切れる」

「死体発見時のミランダ夫人の服について話し合っていた時だ。雨宮さんはこう言っていた。『頭の先から足の爪の先まで、全身黒ずくめだったわ』と。当時は僕も、言い間違いの類《たぐい》だろうと聞き流してしまったが、よくよく考えるとおかしいんだ。僕たちが現場に踏み込んだ時、夫人の顔には覆面は被せられていなかった。なのになぜ、頭の先から、なんて言葉が口を突いたのか。確信とまではいかなかったが、僕に疑いを抱かせるには充分だった。ミランダ夫人は金髪だ。黒髪ではない」

「それに、お前がテラスで聞いたっていう飛沫音の件もあるな。あれは、黄金シャトルが詰まった覆面が水面に叩きつけられた音だったんだろう？」

「察しがいいな。事件当日、相馬さんの部屋を訪れた雨宮さんも、君と同じように考えたに違いない」

　相馬夫妻が死亡してから、古城たちがドアを破るまでの間、雨宮は一度相馬の自室を訪れていたのだ。それは屋敷にいた人物の行動時間を整理すれば自《おの》ずと分かる。

「相馬さんが黄金シャトルを投げ捨てたのは午前十一時。それから窓は開けられたままだった。この事実は午前十一時半に撮影された写真から確認できる。しかし、正午には窓は閉まっていた。つまり、午前十一時半から正午までの間にアリバイのない人物こそが相馬さんの部屋に入り、窓を閉めたのだ、という推測が成り立つ。強盗殺人に見せかけようとした相馬さんの意思に反し、雨宮さんは窓を閉めて内側から鍵を掛けることで、相馬夫妻の自殺に見せかけようとした。彼女は早々に捜査を切り上げてもらいたかったんだろう。黄金シャトルについても盗難沙汰にはしたくなかったはずだ。覚えているか、鳳。現場に黄金シャトルが最初から存在していなかった可能性を、最初に指摘したのは雨宮さんだっただろう」

「そんな細かいところによく気付いたな、お前」水月は呆れた。

「くく、雨宮さんも気の毒に。まさか定期的に窓を写していたカメラがあったなんて、不運だったとしか言いようがないな」

「でもよ古城。相馬さん自身が自殺の直前に自ら窓を閉めた可能性も考えられたんじゃないのか」

「どうかな。相馬さんが黄金シャトルを投げ捨てたのは午前十一時だ。その時点で工作はほぼ完了していたことになる。それから正午までの一時間、ぼんやりとしている理由はないだろう」

「そうかもしれないが、根拠としては弱くないか？」

「実は僕もそう考えてね。一つ罠を仕掛けさせてもらうことにしたんだ」

「なるほどな」

　水月はようやく腑《ふ》に落ちた。雨宮が現場を偽装し、黄金シャトルの横取りを目論んでいるとすれば、彼女は必ず現場を再訪する。だからこそ、早々に自殺と断定し、捜査を切り上げることで、雨宮を誘い出すことにしたのだろう。

「相馬さんの自室のドアに鍵が掛かっていたのは、雨宮さんもまた合鍵を持っていたからか」

「その後の警察の調べで、雨宮さんが相馬さんの愛人だったことが判明した。相馬さんが秘密裏に合鍵を作って、彼女に渡していたそうだ」

「これで繋がったな。黄さんが相馬さんから受けていた相談とは、相馬さんの不倫がミランダ夫人に知られてしまったことだったのか」

「その可能性はある。相馬さんを陥れようとした夫人の動機とは、夫の不倫によって自分の誇りを傷付けられたことへの復讐だったのかもしれない」

「その挙句、相馬さんは妻の死体と対面する羽目になった。そこで彼はようやく気付いたのかもしれないな。自分の犯した罪の大きさに。だからこそ後追い自殺を図ったんだろう」

「居た堪れない話だな」

「俺たちにできることは、せめて二人の冥福を祈ることぐらいか」

「同感だ」

　二人の間に沈黙が降りる。やがて、古城が再び口を開いた。

「川底から引き揚げられた覆面には、やはり黄金シャトルが入っていた。これも警部から聞いたんだが、黄金シャトルは相馬さんが所属していたアメリカの遺跡発掘チームの元へ還されることに決まったらしい」

「妥当な判断だろう。『場違いな工芸品《オーパーツ》をあるべき場所へと還す』。これでお前の誇りも守られたってわけだ」

　しかし、水月の言葉に古城は答えなかった。「どうかしたのか」と訊くと、

「いや、ミランダ夫人は本当に相馬さんの誇りを傷付けようとしていたのか、疑問に思ってね」

「何か新しい発見でもあったのか」

「川底から黄金シャトルが引き揚げられたと言っただろう。その中には確かに偽物も含まれていた。だが、偽物は金メッキのアルミ製だったんだ。鑑定士である僕じゃなくても、手に取ってみればすぐに偽物だと分かっただろう。発覚したところで、冗談だったと笑い飛ばせばそれで済む」

「つまり、夫人には本気で相馬さんを陥れるつもりはなかったと」

「そもそもアルミと金ではまったく重さが違うんだ。相馬さんが気付かなかったはずがない」

「ま、待てよ。それならどうして相馬さんは偽物だけ処分しなかったんだ。本物まで捨ててしまう必要はなかったはずだぜ」

「相馬さんは誇りを守ろうとしたんだよ」古城は偲《しの》ぶような口調で言った。

「自分自身の誇り。そして、妻の誇りもな」

「どういう意味だ」

「きっと相馬さんは隠そうとしたんだ。妻が自分を貶めようと目論んでいたこと。その事実を、深い水の底に沈めて隠そうとした。自分たちの死後、妻が背徳の女として後ろ指を指されることのないように」

「まさか」水月は息を呑む。

「本物の黄金シャトルまで捨てた本当の理由は、水中に沈めるためだったのか！」

「比重の軽いアルミ製のシャトルだけでは、水面に浮かび上がってしまう可能性がある。だからこそ、比重の重い純金製のシャトルも一緒に詰めることで、確実に水底に沈むようにしたんだろう。それに、黄金シャトルが失われていれば、強盗殺人に見せかけることもできる。窓を開け放しておいたのも、そのためかもしれないな。だが――」

古城の声に哀愁の響きが滲む。

「川底の石に引っかかり、覆面の一部が破れていたらしい。そして、破れた穴からアルミで作られた偽物の黄金シャトルだけが浮かび上がり、水面を漂っていたと聞く。もしかすると、その中のいくつかは湖へと流れ込んでいるのかもしれない」

水月は宙に浮かび、水面に浮かび、そして湖を浮遊する黄金シャトルに思いを馳《は》せた。

「――また連絡する」

古城は電話を切ろうとしたが、最後に思い出したようにこう言った。

「今回の悲劇の発端は色恋沙汰だった。鳳、君も――」

一拍置いて、

「浮いた話には気を付けろよ」

そして電話が切れる。水月は大きく溜息を吐いた。あの野郎、上手く纏めたつもりか。

水月は携帯を仕舞うと、洗面所を後にした。向かう先には——。

「電話、長かったわね。水月君」

「まひるさん。お待たせしました」

陽気なアシッドジャズが流れる店内。古城にも教えていない、水月の一推しの喫茶店だった。

向かいには私服姿のまひるが座っている。

「誰からだったの？」

「知り合いです」

水月はそう言って笑った。

悪いな、古城。

でもこれは、浮気じゃないから。

鑑定ＦＩＬＥ　ＮＯ・２
『黄金シャトル』
鑑定不要

第三章

恐竜に狙われた男

1

二日ぶりに陽《ひ》の光を浴びた鳳水月は大きく伸びをした。

留置場の飯は思っていたほど不味くはなかったが、やはり娑婆《しゃば》の空気が一番美味い。再犯を重ね、幾度となく豚箱にぶちこまれる輩《やから》の気持ちがさっぱり分からない。飢えと寒さを凌ぐためだというのなら辛うじて理解できるが、好き好んでこれほど劣悪な環境に身を置けるとは、もはや尊敬に値する。せせこましい檻《おり》の中で、家畜のように飼い殺されるくらいならば、いっそのこと自ら命を絶った方がましである。

などと、後ろ向きなことばかり考えていた矢先のことだった。

留置場暮らしで、すっかり生気のなくなった水月の目に一気に光が宿る。視線の先には、予期せぬ人物の姿があった。向こうもこちらに気付いたらしく、水月の側《そば》まで駆け寄ってくると、

「お勤めごくろうさま、水月君」

古城まひるはそう言って笑った。涼しげな白いブラウスに、小洒落た紺色のペンシルスカート。着飾ることなく、かといって地味でもない清楚な装いが、頭の後ろで一つに結わえた黒髪と相まって純然たる深窓の令嬢を体現している。

水月はわざとらしく肩を竦めると、

「冗談でもやめてください。取り敢えず前科一犯は免れましたから」

「分かってるわよ。それにしても災難だったわね。あの愚弟、どれだけ君に迷惑をかければ気が済むのやら」

「それで、古城の足取りは摑めましたか？」

「捜査一課が行方を追っているわ。捕まるのは時間の問題でしょう」

「それは何より」

水月は満面の笑みを浮かべた。

*

二日前の昼下がり。

前の晩に、水月は大学の同期に無理やり誘われ、苦手な酒をしこたま飲まされていた。

案の定、そのまま二日酔いで寝込む羽目になった水月の部屋に、招かれざる客が訪れた。

来客は二人組の男だった。面食らう水月の鼻先に、彼らはいきなり警察手帳を突き付け、滔々《とうとう》と身に覚えのない罪状を捲《まく》し立てた挙句、任意同行の名の下《もと》に水月を警察署へと連行した。

連行される間にも、水月は必死に無実を訴えたが、担当刑事は頑として聞き入れてくれず、早く自白しろとの一点張りだった。

取調室に押し込められ、遂に堪忍袋の緒が切れた水月は、「そんなに疑うのなら証拠を持って来い」と叫んだ。すると、その台詞を待っていたとばかりに、担当刑事は「おい。あれ持ってこい」と、年若い部下に命じた。

その僅か数分後、証拠として見せつけられた映像に、水月は愕然《がくぜん》として言葉を失った。

問題の映像は、昨夜に防犯カメラによって撮影されたもので、そこには、はっきりと水月の顔が映り込んでいた。しかし、そんなはずはない。映像画面に表示されている時刻、水月はまったく別の場所で友人たちと一緒にいた。つまりこれは赤の他人である。そして水月には思い当たる人物が一人だけいた。どれほど映像が粗かろうが、この黒装束の正体を見誤るはずがない。

古城深夜。

混乱する水月に、刑事たちは恐るべき事実を告げた。

この防犯カメラは、北海道三笠《みかさ》市の郊外に建つ別荘の玄関に備え付けられており、録画された映像は管轄の警備会社から取り寄せたらしい。別荘の主は、榊原玄司《さかきばらげんじ》という今年で喜寿を迎えた老人で、日本の古生物学界の人間国宝とまで称される傑物だった。

その彼が昨晩、何者かに殺害されたという。

榊原に家族はいない。数十年前、不慮の事故により、妻と一人娘を同時に失ってからというもの、ずっと独り身を貫いており、身内も寄せ付けずにいたらしい。唯一、家事を任されている朱美麻里奈《あけみまりな》という家政婦だけがたまに通っていたという。

平素からこの別荘には、研究の関係者でさえ、足を踏み入れることはほとんどなかったらしい。まさしく象の墓場だ。無論、死体の第一発見者も身内ではなかった。

死因は鋭利な刃物で頸椎《けいつい》を刺されたことによる失血死だった。傷口から、凶器はサバイバルナイフと判明したが、出所は不明。的確に急所を突かれた榊原は、即死だったのではないかと見られている。

そして、殺人の最有力容疑者が、こともあろうに鳳水月（古城深夜）だと警察は考えているらしい。

初めこそ、そんな馬鹿なと否定した水月だったが、防犯カメラの映像に最後まで目を通して唖然とする。

昨晩の映像には、疑惑の男が別荘から出ていく瞬間がしっかりと録画されていたが、それ以降、第一発見者を除いて誰も別荘に出入りしていなかった。

第一発見者は、榊原と同じく古生物学者の藍沢亮《あいざわりょう》という壮年の男だったらしい。藍沢曰く、その日は、近々発表を控えている論文について、榊原と打ち合わせを行なう旨の約束をしていたそうだ。当日の朝、玄関口で呼び鈴を押しても出てこないことを不審に思い、試しにドアを押してみると難なく開いたという。恐る恐る中に入ってみた藍沢は、その直後、部屋の書斎で死んでいる榊原を発見した。藍沢は慌てて別荘を飛び出し、すぐに警察に通報した、という顛末だ。

藍沢の供述通り、防犯カメラには大きなスーツケースを引っさげた藍沢の姿が映っており、ドアに鍵が掛かっていなかったことも、彼が別荘に入って五分も経たない内にスーツケースを抱えながら飛び出してくる様子も鮮明に記録されていた。加えて、藍沢が別荘を飛び出してから警察が到着するまでの間にも、誰かが出入りした形跡はない。

警察は、玄関口に備え付けられたカメラ以外の防犯カメラについても検証を行なったが、不審な人物は誰一人として映っていなかった。人の出入りは、間違いなく別荘の玄関のみを介していたと立証されている。

事件の概況をぼんやりと聞いていた水月は、ふと気になって刑事たちに尋ねてみた。

『どうして第一発見者である藍沢は容疑者から外れるのか』

すると彼らはこう答えた。

『死亡推定時刻を考慮すれば当然だ』

詳しく話を聞いたところでは、榊原の死亡推定時刻は、昨晩の午後六時から午後八時の間だという検死結果が出たらしい。藍沢が別荘を訪れたのは翌朝の午前七時。死亡推定時刻とは大きな乖離《かいり》がある。極めつけに、死亡推定時刻の間、藍沢は東京の丸の内で会食の真っ最中であった。どう見ても彼に犯行は不可能だった。

そしてこの時間帯に別荘を訪れ、出て行った者が古城だった。

彼が別荘を訪れたのが午後六時二十四分、別荘を後にしたのが午後七時三十三分。まさに格好の容疑者だった。

この時点で水月は古城を庇《かば》うことをほぼ諦めていた。古城が殺人を犯したとは思いたくないが、あまりにも分が悪すぎる。それに自らが置かれた状況の方が深刻だった。古城の身代わりになって捕まり、法の裁きを受けるつもりなど毛頭ない。水月は何とか身の潔白を証明しようと、古城のことや昨晩の自分のアリバイについて刑事たちに洗いざらい打ち明けた。

その甲斐あって、ひとまず事実を確認してみる、という返事こそもらえたものの、やはり保釈は認められず、水月は丸一日留置場に軟禁され、針のむしろに座ることとなった。

そして今朝、ようやく水月の無実が証明され、解放されるに至った——。

「やっぱり古城が犯人なんですかね？　俺にはどうしても信じられないんですが」

「あら。早く捕まってほしいんじゃなかったの？」

車中、まひるはハンドルを巧みに操りながら、助手席に座る水月に答えた。

「捕まってほしいのは本心ですよ。一言文句を言ってやらないと腹の虫が治まりません」

まひるとは、とある事件を通して知り合い、今では友達以上恋人未満の関係になっている。何を隠そう、水月の無罪放免についても、まひるが一枚噛んでいた。なぜなら、

「いつかはこんなことが起こるかもしれないとは薄々思ってたけど、案外早かったわね。事情を知ってる私が警察関係者でよかったわ」

まひるは警視庁捜査一課の刑事だ。俗にいうところのキャリア組というやつらしいが、彼女の能力は誰もが認めているらしい。

「色々と迷惑をかけてすみません。まひるさん、今日はお休みだったんでしょう？　それなのに、わざわざ出迎えまでしていただいて……」

「久々の非番だったけど、別に気にしてないわ。愚弟の尻ぬぐいも姉の務めよ」

――ほんとよくできた人だな。あの古城のお姉さんだとはとても思えない。

水月がまひるの横顔に見惚れていると、

「ねえ水月君。ちょっと聞いていいかしら」

「何でしょう？」

いきなり話しかけられ、どきりとする。

「この後って、何か用事ある？」

「えっ、えっと、特になかったと思いますけど……」

今日は平日の木曜日だが、大学の講義は午前に集中していた。今からではもう間に合わない。

「それがどうかしましたか」

「えっと、もし暇だったらなんだけど」まひるは躊躇いがちに口籠ると、

「ちょっと私に付き合ってくれないかな？　行きたいところがあるの」

水月に断る理由はなかった。

「俺なんかでいいんですか？」

「ちょっとだけ私の趣味に偏《かたよ》っちゃうから、安易に友達を誘えないんだけど、水月君ならいいかなって」

「行きます。行かせてください！」

「ありがと！　君ならそう言ってくれると思った」

ほっとしたような笑顔もまた麗しい。水月は天にも昇る心地で、この後の展開について期待に胸を膨らませる。

――趣味って言ったな。映画か、それとも美術館。いや、動物園かも……。

あれこれと考えを巡らせていると、まひるはサンバイザーに挟まっていた紙片を取り出し、

「これよ」と、水月に差し出してきた。受け取った紙片に目を落とし、水月は間の抜けた声を上げる。

「恐竜国際博覧会《きようりゆうこくさいはくらんかい》ぃ？」

「私、大好きなの。恐竜！」

目を輝かせるまひるると、戸惑う水月。彼女の瑞々しい反応を見るに、どうやら冗談ではないらしい。水月は心の中で古城に話しかける。

——古城。この人、やっぱりお前の姉さんだわ……。

＊

博覧会に向かう道の途中に、ちょうど水月の家があったため、二人はいったん家に寄ることにした。

留置場では衣食住の内、食と住は保証されていたが、着るものだけは別だった。軽くシャワーを浴びて着替えようと思い、部屋へと入った水月はぎょっと目を瞠《みは》る。

部屋の中はまるで台風が通り抜けたかのように滅茶苦茶に荒らされていた。箪笥《たんす》や食器棚の引き出しが開けられ、衣服や食器が床の上に散乱している。

一人暮らしなので、そこまで物が多くないことがせめてもの救いだ。片付けは面倒だが、これればかりは致し方ないだろう。

水月は、ささっとシャワーを浴びると、床に落ちていた服を適当に見繕い、部屋を後にした。

車の側で待っていたまひるの元に近付くと、

「お待たせしました。いや、驚きましたよ。あれが所謂《いわゆる》『ガサ入れ』ってやつなんですね」

「えっ？」

まひるは怪訝そうな顔で首を傾げる。

「警察に入られたってこと？」

「多分。俺、何か変なこと言いました？」

「私の見落としかもしれないけど、水月君の家に家宅捜索が入ったって報告は上がってなかったから、ちょっとね」

考え込むまひるに、水月は気楽に声をかける。

「荒らされてましたけど、騒ぎ立てるほどではなかったんで大丈夫ですよ。早く行きましょう」

「……そうね」

まひるは、ふっと唇を緩めて頷いた。車のドアを開けると、水月を中へと誘う。

「入って、水月君。シートベルトはしっかりね。高速乗ったら思いっきり飛ばすから。

恐竜が待ってるわ！」

2

恐竜国際博覧会の舞台は、お台場《だいば》にある東京国際展示場だった。

お盆に差し掛かった時期だったせいか、平日にもかかわらず人の入りは多かった。客層も、家族連れ、カップル、学生服の一団とバラエティーに富んでいる。だが、やはり女性一人や、女の二人連れといった光景はあまり見受けられない。まひるが頭を悩ます理由が、水月には何となく分かったような気がした。

駐車場の空きを必死で探し、炎天下、長蛇の列に並んで、やっとのことで会場へと足を踏み入れる。取り調べによる精神的、肉体的負担も祟り、この時点で水月は既に疲弊しきっていた。が、まひるの興奮は過熱していく一方だった。頻りに周囲を見回しては、子供のような歓声を上げている。

「凄い、凄いわ！　ほら見て水月君。あれは世界最大級の竜脚類《りゅうきゃくるい》、ブラキオサウルスの復元骨格。あっちは背中に装甲板《そうこうばん》を持つ剣竜類《けんりゅうるい》、ステゴサウルスね。ふんふん、どうやらこのエリアは、ジュラ紀に生息したとされる恐竜が展示されているみたいね――あっ、あれはアロサウルス！」

まひるは矢継ぎ早に恐竜を指差しては、容赦なく名前を連呼していく。恐竜素人の水月には、『サウルス』という響きしか頭に残らなかった。

「水月君は恐竜についてどこまで知っているのかしら？」

「無知同然です。たまに恐竜の出てくる映画を流し見するくらいなものですよ」

「例えば？」

「定番ですけど、『ジュラシック・パーク』とか、『リトルフット』とかは一通り見た記憶があります。後はあの国民的アニメの映画版第一作ですかね。ほら、タイムふろしきで首長竜の卵を孵《かえ》すあれです」

「もちろん知っているわよ。そうねぇ……、『ジュラシック・パーク』を見たことがあるなら、『ジュラシック・ワールド』も見た方がいいわ。後で貸してあげる」

「あ、ありがとうございます」

まひるは「うーん」と唸っていたが、

「よし！　それじゃ、基礎の基礎から教えてあげるわ！」

なぜか講義が始まった。どうやら何かのスイッチを押してしまったらしい。

「まずは『恐竜』という呼称についてなんだけど、そもそもの語源は分かるかしら」

「何となくですけど、意訳って感じがしますね。元々は外国語で、『恐竜』とは日本語に直した時の総称なんじゃないですか？」

「その通り！　『恐竜』は英語の『Dinosaurs《ダイナソー》』の訳なんだけど、『Dinosaurs』という言葉もまた派生語で、その起源はギリシア語で『恐ろしい』という意味を持つ『deinos《ディノス》』と、『トカゲ』という意味を持つ『sauros《サウラ》』という言葉の組み合わせにあるの。これを直訳ではなく、『トカゲ』を『竜』と意訳することで、恐ろしい竜――『恐竜』の呼び名が定着するに至ったのよ」

「トカゲですか。あれ？　つまり恐竜は生物学上だと、爬虫類《はちゅうるい》に属するんですか」

「あら、またしても正解。勘がいいわね」

「そりゃどうも」

「ただ、トカゲやワニなどの通常の爬虫類とは、体の構造が大きく異なるの。トカゲやワニは体の横から四肢が伸びていて、地を這うような格好で歩くけど、恐竜は体の真下に向かって四肢が伸びていたために、『直立歩行』をすることができた極めて珍しい爬虫類なのよ」

「直立歩行ができるからって、何か得になることがあるんですか」

「大ありよ。直立歩行によって、効率よく体重を支えられるし、運動性も向上する。ひいては、体そのものの大型化にも適応できる。大型化については、さっき見たブラキオサウルスがその身をもって証明しているでしょう。ステゴサウルスの例でも、重装甲を支えるためにも直立歩行は不可欠だった。肉食恐竜のアロサウルスだってそう。強靭《きょうじん》な顎を発達させるためには、まず頭部を肥大化させる必要があった。となれば、肥大化した頭部をしっかりと支えられる体の構造が求められるのは自然の摂理だわ。直立歩行はすべての恐竜の進化の源であり、多様化の礎だったのよ」

体の構造一つでそこまで違うのか、と水月は目を丸くする。哺乳類である人間もまた直立歩行をする生物だが、その点においては恐竜と同じ進化の路線に乗っていたらしい。

「時に水月君。あなたの一番好きな恐竜は何かしら」

返す言葉に詰まる。安直に「ティラノサウルス」などと答えたら、逆鱗に触れるかもしれない。とはいえ名前を知っている恐竜自体、数えるほどしかいない。水月は無理やり記憶の蓋をこじ開けて、その名を引っ張り出した。遠い昔、大画面で目の当たりにして心奪われたあの恐竜の名は――。

「――フタバサウルス、ですかね。海に生息していた首長竜で、確か、化石が日本で発見されたとか」

「フタバサウルス。一九六八年に福島県のいわき市で発見された、白亜紀《はくあ》の海洋爬虫類ね。悪くないけど、あなた、多分勘違いしてるわ」

「勘違い？」

「そう。だって、フタバサウルスは恐竜じゃないもの」

そんな馬鹿《ばか》な、と水月は絶句する。ならばあの映画のタイトルは何だったのか。間違いなく「――の恐竜」と銘打っていたはずだが。

「その様子だと、本当に知らなかったみたいね」まひるは呆れたように、

「生物の分岐図では、陸上の爬虫類に限って『恐竜類』となるようグループ分けされているの。フタバサウルスやエラスモサウルスといった首長竜類や、ワニやサメのような外見をしたモササウルス、クジラのような見た目のリオプレウロドンなどは、水中にのみ生息する大型爬虫類として、恐竜とは一線を画しているのよ。系統学の視点から分類すると、恐竜というよりもむしろ、トカゲやヘビに近いでしょうね」

「でも見た目は恐竜そのものじゃないですか」

「見世物としてなら、一緒くたでも構わないのかもしれないけど、恐竜好きとしてそこだけは譲れないわね。ちなみに、巨大な翼と、歯のない長い顎を持つプテラノドンや、ケツァルコアトルスといった翼指竜《よくしりゅう》類も恐竜ではないわ」

「そこまではっきり言われてしまうと、プテラノドンも立つ瀬がありませんね……」

水月は首長竜や翼竜に同情した。堂々と「竜」の名を冠されておきながらこの仕打ち。惨《むご》すぎる。

「じゃあ逆に訊きますけど、まひるさんの一番好きな恐竜は何なんです」

すると、まひるはぱっと顔を輝かせた。

「決まってるじゃない！　マイアサウラよ！」

「はあ」

決まっていたらしい。

「その、マイアサウラってのはどんな恐竜なんですか」

「白亜紀後期の鳥脚類《ちょうきゃく》で、体長およそ八、九メートルの草食恐竜だったとされているわ。マイアサウラの最たる特徴は、その化石の研究によって、子育てをしていた事実が確認されていることなの。『マイア』という名称には『よい母』という意味が込められているのよ」

「子育て？　恐竜が？」

「ええ。もちろんほかの恐竜だって子育てとは無縁ではなかったでしょうけど、マイアサウラの子育てはとても懇切丁寧だったと考えられているわ。子育ての方法は、まず地面に直径二メートルほどの穴を掘って塚状の巣を作る。産卵の時は、その穴に同時に二十個くらいの卵を産むの。やがて卵が孵化して、赤ちゃん恐竜が生まれると、母親は子供が大きくなるまで餌《えさ》を探しに行っては、飲み込みやすいよう咀嚼《そしゃく》して子供たちに与えていた。これらの事実は、実際に巣の化石から、一メートルほどの子供恐竜が発見されたことから実証されているの。献身的な母の愛。素敵だと思わない？」

「そ、そうですね。いや、立派な恐竜だと思います。ははは……」

まひるの熱量に気圧《けお》され、水月はたじたじになって頷いた。

――それにしても、子育て恐竜とは……。まひるさんって、意外と家庭的な女性なのか？

「まひるさん。ちょっと訊いてもいいですか？」

「何かしら」

「さっき、マイアサウラは『白亜紀後期の鳥脚類』だって言ってましたけど『白亜紀』とか、『鳥脚類』って何なんですか」

「うーん。それを説明するにはまず、地球の年表からおさらいしないと駄目ね」

「……お願いします」

「地球年表では時代の区分を、大きく古生代《こせいだい》・中生代《ちゅうせい》・新生代《しんせい》の三つに分けているの。恐竜たちが繁栄していたのは、約二億五二一七万年前から、六六〇〇万年前まで続いた『中生代』だった。この中生代も更に三つに区分けされる。時代の古い順に、『三畳紀《さんじょう》』、『ジュラ紀』、『白亜紀』と続くの。そして、最初の恐竜が誕生した約二億三〇〇〇万年前から、大量絶滅によってほぼすべての恐竜が絶滅したとされる六六〇〇万年前を指して、『恐竜時代』と呼ばれているわ」

「約二億三〇〇〇万年前ってことは、三畳紀の時代から恐竜が存在していた計算になりますね」

「そう。実は三畳紀末にも一度、大量絶滅が発生しているの。この大量絶滅を生き抜いたのが、恐竜や翼竜、首長竜といった爬虫類だったのよ」

「えっと、では本格的に恐竜が繁栄し始めたのは――」

「続く『ジュラ紀』と『白亜紀』の時代ね。この時代は地球全体の気候も温暖湿潤で、植生も豊かだった。だからこそ、大型の草食恐竜や、その草食恐竜を捕食する肉食恐竜が栄えることができたの」

「なるほど……。つまり恐竜が様々な種に分化していったのも、このジュラ紀や白亜紀の時代だったんですね」

「まさにその通り。まず、恐竜は大きく二種類、超大型恐竜や肉食恐竜を含む『竜盤類《りゅうばん》』と、多種多様な草食恐竜を含む『鳥盤類《ちょうばん》』に分けられる。この二つが更に枝分かれして、竜盤類から派生した『獣脚類《じゅうきゃく》』と『竜脚類』、そして鳥盤類から派生した『剣竜類』、『曲竜類《きょくりゅう》』、『鳥脚類』、『厚頭竜類《こうとうりゅう》』、『角竜類《つのりゅう》』に細分化されるの。ほとんどの恐竜が、これら七つの類型のどれかに当て嵌まるとされているわ」

「えっと、今さっき話に上がった恐竜の例でいくと――」

「竜脚類にはブラキオサウルスのほかにも、長い首と尾そして巨大な体軀が特徴のアパトサウルスやディプロドクス、剣竜類にはステゴサウルスと同様、背中に装甲板のあるケントロサウルスやトゥオジャンゴサウルスなどがいるわ。アロサウルスは獣脚類で、誰もが知っている肉食恐竜のティラノサウルスや、鋭い牙と細長い顎そして両足の甲に鎌状の鉤爪《かぎづめ》を持った『俊足の略奪者』――ヴェロキラプトルもこの区分に属するわね」

「ティラノサウルスやラプトルなら俺にも分かります。えっと、獣脚類は直立二足歩行の肉食恐竜が中心なんですよね？」

「そうとも限らないわ。――ほら、まさにあれ！」

まひるは数ある復元骨格の内、獣脚類と思《おぼ》しき一つを指差した。ティラノサウルスと向き合うようにして、巨大な全身骨格が展示されている。とりわけ目を引いたのは、背中に並ぶ棘突《きょくとつ》起《き》だ。まるで帆のような形をしている。

「まひるさん。あの恐竜は何です」

「スピノサウルス。全長実に十五メートル超、ティラノサウルスをも凌駕《りょうが》する史上最大の肉食恐竜よ。スピノサウルスは獣脚類にしては珍しく前肢が長く発達していて、四足歩行をしていたと考えられているわ。興味深いのはそれだけじゃない。通常、獣脚類の骨は内部の密度が低くなっているけど、スピノサウルスの大腿骨《だいたいこつ》には空洞である骨髄腔《こつずいくう》がほとんどなく、詰まった状態になっている。これは水生生物によく見られる特徴で、骨を重くして水中に留まるための構造だとされているの。つまり、スピノサウルスは水陸両方に適応した、非常に特異な恐竜だったと考えられているわ」

「両生類の特徴を持った恐竜もいたんですね」

　水月が頷くと、まひるは満足げに笑った。

「理解が速くて何よりだわ。さて、竜盤類と剣竜類については一通り話したわね。残るは、鳥盤類に属する『曲竜類』、『鳥脚類』、『厚頭竜類』、『角竜類』の四つ。曲竜類には、骨質《こつしつ》のスパイクで背中を鎧《よろい》のように覆い、尾には巨大な棍棒《こんぼう》を備えた、四足草食恐竜のアンキロサウルスやエウオプロケファルス。鳥脚類にはマイアサウラや、頭に長いトサカがあるパラサウロロフス、親指だけ長く鋭く発達したイグアノドン。厚頭竜類はその名の通り、分厚くて頑丈な頭骨が特徴で、縄張り争いや雌の奪い合いにおいて、お互いの頭をぶつけて競い合っていたとされているわ。代表的な恐竜は、パキケファロサウルスやステゴケラスかしら。最後は角竜類ね。鸚鵡《おうむ》に似た鋭い嘴《くちばし》と、後頭部にある襟飾り、そして角。四足歩行のものでは、両目の上と鼻に三本の角を持つトリケラトプス、襟飾りの縁に角を持つスティラコサウルス。間違われやすいんだけど、角竜類の中には角を持たない種もいるの。プロトケラトプスがいい例ね。プシッタコサウルスに至っては、襟飾りすらないんだけど分類上は角竜類に属するのよ」

「い、色んな恐竜がいるんですね……」

「いま私が例に挙げた恐竜なんて、ほんの一部に過ぎないわ。これまでに千を超える種類の恐竜が認知されているし、今でも一年単位で数十種類の新種が発見され続けているんだから」

まひるは得意げに言うと、先にあるブースの方へと歩き出した。流されるまま、水月もその背中について行く。

大型恐竜がひしめくエリアを抜けると、打って変わって恐竜の姿はほとんど見当たらなくなり、代わりに鳥類の模型や化石が多く展示されているエリアに辿り着いた。なぜ恐竜博覧会に鳥がいるのか。不思議に思った水月は、夢中になって始祖鳥《しそちょう》の化石に魅入っているまひるに尋ねる。

「あの、まひるさん。何で鳥類が恐竜と同じように扱われているんですか？　恐竜は爬虫類だったんじゃ……」

すると、まひるは目をぱちくりとさせながら、あっさりと言ってのけた。

「だって、鳥は恐竜なんだもの。当たり前じゃない」

「は？」

「恐竜の生き残り、と言ってもいいわね。極端な話、その辺をうろついてる雀や鳩だって恐竜なのよ」

「はあああっ!?」

水月は素っ頓狂な声で叫ぶ。雀が恐竜。いったい何を言い出すのか。嘴でパンくずをついばむ小鳥と、巨大な体を持ち、頑丈な顎で獲物を食い破る恐竜。どこに共通項があるというのだろう。

「生き残りって、そんなはずないでしょう。そもそも、恐竜は一匹残らず絶滅したんじゃなかったんですか」

返事がない。

「まひるさん？」

どうしてか、彼女はじっと水月を見つめていた。どきりとしたが、すぐにその視線の先が遥か後方に注がれていることに気付く。

――俺の後ろに何かあるのか？

振り返ってみるが、水月の目には人混みが広がっているだけにしか見えない。

「まひるさん」

重ねて声をかけると、彼女は我に返ったかのように瞬《まばた》きをした。

「――っと、ごめんごめん」

「何か見たんですか？」

「うーん……何だろ。迷子――だったのかな」

まひるは訝しげに首を傾げていたが、

「あれ、どこまで話したっけ」

「えっと、恐竜の絶滅についてだったんですが」

「うんうん、白亜紀末の大量絶滅ね。火山活動の変化や、哺乳類との生存戦争、植生の激変など、絶滅の原因については諸説あるけど、今の学説では小型隕石の衝突が最有力だわ。衝撃による地震や津波の発生。隕石の破片は巨大な火の塊となって、地球上のあらゆる場所に降り注ぎ、森林火災を引き起こす。その後の被害も甚大だった。隕石の衝突によって宇宙に放出された塵《ちり》や煤《すす》が地球を覆《おお》い、太陽光を遮ってしまったと考えられているの。結果、急激な寒冷化と植物の全滅により、恐竜はその数を大きく減らすことになった」

「や、やっぱり恐竜は絶滅したんじゃないですか」

しかし、まひるは首を振ると、

「この大量絶滅を生き抜いた種がいるのよ。恐竜が三畳紀末を生き抜いたのと同じようにね」

「それが鳥類なんですか？」

「そうよ。恐竜の系統樹《けいとうじゅ》では獣脚類に当たる。恐竜と鳥類には共通して見られる特性が非常に多いの。直立歩行や軽量化された体、そして呼吸器官。鳥類には効率よく呼吸を行なうために、肺を補助する『前気嚢《ぜんきのう》』と『後気嚢《こうきのう》』という袋状の器官が備わっているの。息を吸うと、新鮮な空気が肺と後気嚢に流れ込み、古い空気を前気嚢が吸い出す。そして息を吐くと、後気嚢から新鮮な空気が肺に流れ込み、前気嚢からは溜まった古い空気が体外へ吐き出される。こうして、常に新鮮な空気が肺に供給される仕組みになっているのよ」

「まさか、恐竜にも同じ器官があったと？」

「ほぼ間違いないわね。三畳紀には地球は極度の低酸素状態にあった。できる限り酸素を取り込めるよう、肺を進化させることは必須だったはずだもの」

「鳥類が恐竜だとすると、それぞれの起源も辿れば一つに集約されることになりますね」

「鳥類の起源は、今から約一億六〇〇〇万年前に生息していたとされる、アンキオルニスという恐竜にあったのではないかと考えられているわ。アンキオルニスの前肢には翼があり、翼の配列様式も鳥類のそれと似ている。世間一般には浸透していないけど、あのヴェロキラプトルだって、全身を羽毛に覆われ、前肢には羽が並んでいたんだから。恐竜に翼が現れ始めた頃は、飛翔を目的とはしていなかったとされているけど、進化の過程で翼が飛翔や滑空に適した構造に変化していったことは充分に考えられる。恐竜と鳥類の境目は限りなくゼロへと近付きつつあるの。中国では、羽毛を持つ恐竜シノサウロプテリクス、皮膜を持つ恐竜イーなどの化石が相次いで発見されている。物証は化石だけじゃないわ。恐竜のものと思われる羽が、琥珀《こはく》の中に閉じ込められた状態で見つかった事実も存在しているの」

「へえ……」

水月は目の前のケースに入った始祖鳥の化石をまじまじと見つめてみる。

鳥は恐竜。その説が本当ならば、これまでの人生、何の疑いもなく恐竜と共生してきたことになる。恐竜は人の手で甦《よみがえ》らせるまでもなく、当然のように日常に溶け込んでいたのだろうか——。

「『ジュラシック・パーク』はとうの昔、人間が誕生した時から既に完成していた、ということですか」

「恐竜との共存、それは過去、現在、そして未来にまで続く永遠の命題だわ。——ようやく本題に入れたわね、水月君」

「……え。本題？」

「そうよ」

まひるは水月の腕を摑むと、恐るべき力で引っ張っていく。

「ど、どこに連れて行く気ですか？」

「今回の博覧会の目玉よ」

まひるは勢い込んで言った。

「恐竜と人類が共存していた可能性を見せてあげるわ」

3

半ば強制的に連れて行かれたのは、先ほどまでとはまた雰囲気を異にするエリアだった。

ガラスケースの中、厳重に保管された展示物は化石や模型の類ではない。土偶や壁画の写真など、どちらかといえば考古学の分野で目にするような歴史資料が並んでいる。

しかし、

「何ですか、これ」

陳列している土偶を一目見た瞬間、水月は思わず呟いていた。

「この土偶、ほとんど動物の――いや……」

「凄いでしょ。これが恐竜土偶《きょうりゅうどぐう》よ」

圧巻の恐竜の群れだった。大きさにして数センチ。薄茶色の土偶だけでなく、白色の石彫りも含まれているようだったが、驚くべきことに、どの出土品も明らかに恐竜だと分かる姿形をしていた。ティラノサウルスと思しき獣脚類を始め、背中に装甲板を持つ剣竜類のステゴサウルスや、海洋爬虫類の首長竜もいれば、巨大な体躯を四肢で支え、長い首と尻尾が特徴的な竜脚類の土偶もある。

しかし、水月の視線は恐竜に注がれてはいなかった。恐竜の群れの中に、本来であれば存在してはいけないはずの土偶が紛れ込んでいる。水月は乾いた声で呻く。

「そんな馬鹿な……。どうして人間の土偶まであるんだ？」

もちろん人の形をした土偶が珍しかったというわけではない。むしろ、土偶は人間そのものを模って作られた工芸品だ。土偶が人の形をしていることに何ら問題はない。だが、

「時代が違う。これじゃあまるで、人間と恐竜が共存していたみたいだ。そんなはずはない。ありえない。こんな構図がありえるはずがない！　だって、人が恐竜に跨《またが》ってますよ。こっちは恐竜の尻尾が人の首に巻き付いている……。きょ、恐竜に頭を喰われてる土偶まで――！」

呆然と恐竜土偶を見つめる水月を、まひるは満足げに眺めていた。

「中々に新鮮な反応をしてくれるじゃない。驚かせる側としては冥利に尽きるわね」

「まさかとは思いますけど、これらの土偶は、同じ時期に同じ場所から出土したんですか」

「そのまさかよ。一九四五年、メキシコの首都から西北に約百八十キロ離れたアカンバロ市郊外で、ヴァルデマール・ユルスルートという考古学者によって世界初の恐竜土偶が発掘されたの。その数、実に三万点以上。恐竜土偶が出土した地層や地質を精密に調べた結果、紀元前三〇〇〇年から前二五〇〇年頃の間に制作されたことが立証されたわ。無論、土偶自体についても、この時代の粘土や花崗岩《かこうがん》、ヒスイなどを材質としていることが分かっている」

「つまり、古代人は過去に絶滅したはずの恐竜の存在を、あくまで知識として知っていたって

ことですよね。そうでなければ新生代に恐竜が――鳥類ではなく、正真正銘本物の大型爬虫類が生きていたことになってしまう」

「ええ。あるいは人間の方が中生代に既に誕生していて、その記憶が後世にまで受け継がれてきたか」

「い、いやいやいや！　そっちの方がありえないですよ。そもそも人と恐竜とでは大きさから違うじゃないですか」

「こう考えてみたらどうかしら。中生代に、人の形をしながら、人とはまったく異質の生命体が存在していたとすれば歴史は大きくひっくり返るわ」

「そ、それがこの、人形土偶の正体だと？」

「中生代の人――仮に『古代人』としましょうか。古代人が、現代人よりも巨大な体軀を有していたとすれば、恐竜土偶の謎にも説明がつけられると思わない？　例えば、テキサス州にあるパラクシー川河床からは、恐竜の足跡の横に、歩幅にして約八十センチの人間のものと思われる足跡が見つかっているの。人より何倍も大きい恐竜の背中に跨ったり、正面切って戦ったりすることも、古代人が巨人だったとしたら不可能じゃないはずでしょう？」

「巨人⁉　そんなもの、空想の世界でしかお目に掛かったことありませんよ！」

悲鳴を上げる水月だったが、まひるの目は真剣そのものだ。

「巨人の存在を匂わせる痕跡は、世界各地で見つかっているわ。南アフリカのムプルージ近郊で発見された、差し渡し一・二メートルほどの巨大な足跡。トルコのユーフレイツバレーからは巨人の大腿骨。エジプトのカイロ近郊では、ミイラ化した巨人の指。そして、巨人の全身骨格がイラクを始めとして、サウジアラビアやインド、アラスカなどで次々と発見されているそうよ」

「さ、さいですか……」

水月は引き攣った顔で頷いた。まひるには悪いが、果たしてその話の何割が捏造《ねつぞう》ではなく、真実なのだろうか。

恐竜の時代に人間が生きていた――そんな荒唐無稽、あまりに突拍子もない話に水月は言葉を失っていたが、

――どうも話が妙な方向に向かっている気が……。

まひるを下手に刺激しないよう慎重に言葉を選ぶ。

「何だか古城――弟さんが好きそうな話ですね。何でしたっけ、ほら、オーパ――」

「水月君」

怒気を含んだまひるの声に遮られる。言葉を選んだ努力はとんだ無駄骨だった。どうやら呆気なく禁句を口にしてしまったらしい。彼女の目は完全に据わっている。これは肉食恐竜の眼

だ。

——古城！　古城古城古城、後生だから助けてくれ！　お前の姉さん、怒るとマジで怖えよ！　殴り殺される！

「お、落ち着いてください。謝ります。謝りますから！」

「……何よ、人を猛獣を見るような目で見て」

「ごっ、誤解ですって！」

必死で両手を振る。この暴君《ティラノ》の前ではすべてが無力。誰だって命は惜しい。

まひるは膨れっ面でそっぽを向くと、さっさと歩き出した。水月はおっかなびっくり彼女の後ろにつき従う。

次のエリアには、表面に人や恐竜の姿が描かれた黒石《こくせき》の数々や、恐竜らしき生物が描かれた壁画やモザイク画の写真、足跡のような穴が点々と続いている荒野を撮った写真などが飾られていた。

黒石の手前にある説明書きには、『カブレラ・ストーン』と記されている。石の表面には恐竜土偶と同じように、恐竜と同じくらいの大きさの人間の姿が認められた。人が恐竜に騎乗したり、食べられたりしている光景がびっしりと刻み込まれている。

写真に収められた壁画やモザイク画も、新生代における恐竜の存在や、恐竜と人間の共存を偲ばせるものだった。

アリゾナ州にある渓谷の断崖に描かれた、後脚だけで立つ竜脚類の姿。壁画が描かれた時代と、竜脚類が生きた時代との間には、およそ一億年の乖離があるらしい。

一方、モザイク画はイタリアのラツィオ州やカンパニア州にある遺跡から発掘された絵画であるという。ラツィオ州のモザイク画は『ナイル・モザイク』と呼ばれ、紀元前一世紀の古代ローマ時代に建立された岩窟寺院から見つかったそうだ。氾濫時のナイル川の上流から下流までが俯瞰《ふかん》的に描かれているが、驚くべきことに、画の中には恐竜を狩ろうとする人の姿まで描かれていた。

カンパニア州のモザイク画の方は、溶岩と火山灰に埋もれて滅びた町——ポンペイの遺跡から発掘されたらしい。ナイル・モザイクと同じく、恐竜や紀元前の爬虫類を思わせる生物が、狩人らしき人々と争っている光景が描かれている。

そのほか、カンボジアの著名な遺跡群であるアンコール遺跡群の一角にも、剣竜類の姿を模ったようなレリーフが刻み込まれているという。

すべての展示物に共通して込められている謎は一つ。

人間と恐竜との共存——その真偽についてだ。

いずれの展示物にも、人間の陰に恐竜が潜み、恐竜の影に人間が潜んでいる。

カブレラ・ストーンの前に立ち、まひるはしばらく無言だったが、やがて独《ひと》り言のようにぽつりと呟いた。

「――深夜と同じなんかじゃないわ」

「え？」

「あんなオカルトヲタクと一緒にしないで。私は人と恐竜が手を取り合う世界があればいいな、って純粋に夢見ているだけ。私だって充分理解してるつもりよ。いい歳した女が恐竜恐竜って連呼して……。水月君だって、私のこと、変な女だって思っているんでしょう」

「いや、そんなこと」

水月はすぐさま否定しようとしたが、こちらを振り返ったまひるの目が濡れていることに気付き、口を噤《つぐ》む。

――確かに変わっているかもしれないけど。

「俺は、まひるさんがおかしいとは思いません。好きなものを、胸を張って好きだと言えない人の方が、きっと不幸なんです」

「……本当に？」

「本当です」

力強く頷くと、まひるは目尻を拭って「ありがとう」と、微笑んだ。

二人の熱の籠った視線が重なり合う。どことなくいい雰囲気になりかけたが――、突然、水月の携帯が振動した。慌てて取り出す。そしてディスプレイに表示された名前に驚愕した。

「こ、古城⁉」

「嘘！」

即座にまひるも反応し、水月の傍らに立つ。

「空いてる場所に移動しましょう。スピーカーは？」

「オンにしました」

歩きながら水月はディスプレイに指を走らせる。通話状態になるや否や、懐かしいような忌まわしいような、古城の低い声がスピーカー越しに響く。

「鳳！　君なのか？」

「古城、お前今どこにいるんだ？　警察が血眼になってお前を探してるんだぞ」

「分かっている。榊原翁《おう》が殺されたそうだな」

一瞬、「はて、榊原翁とは誰だったか」と面食らうが、すぐに別荘で殺害された榊原玄司のことだと思い至る。

「そうだ。いいか正直に答えろよ。古城、お前が殺ったんだな」

「じょ、冗談じゃない！　鳳、君はそんなに僕を人殺しにしたいのか？」

「……違うんだな？」

「当たり前だ！　犯人はあいつらだ！」

犯人が古城ではないと分かり、ほっとしたのも束の間、水月はまひると顔を見合わせる。

水月は声を潜めると、

「ちょっと待て。お前には犯人の目星がついてるってのか？」

「そうだ。榊原翁を殺したのは、藍沢研究所の連中に決まっている」

「あ、藍沢だと？」

水月が繰り返すと、まひるが小声で言った。

（被害者の第一発見者が、藍沢亮という名前だったはずよ）

「なあ古城、もしかして、藍沢亮って奴が犯人なのか？」

「藍沢亮――藍沢研究所の所長だな。やはりその名前が出てくるか……。思った通りだ。そいつが首謀者でほぼ間違いないだろう」

古城は断言すると、切羽詰まった調子で、

「それよりも鳳。君の方こそ今、いったいどこにいるんだ？」

「あ、ああ……。えっと――」

思わず言い淀むが、横にいるまひるが無言で頷いたので、

「お台場だ。恐竜国際博覧会の会場に来てる」

「博覧会だと？　何でまたそんなところに」

「いや……その、たまには恐竜もいいかと思ってね」

慌てて言い繕う水月だったが、続く古城の言葉に、はっと目を見開く。

「よく聞け、凰。今すぐ姉さんに連絡して、助けを求めろ。それが無理なら、どこか最寄りの交番か警察署に駆け込んで保護を要請するんだ」

「な、何でそんなことを」

「いいから言う通りにしろ。さもないと――」

続く古城の言葉に耳を疑った。

「殺されるぞ」

4

「――深夜。詳しく話を聞かせてもらおうかしら」

まひるが言った。水月が驚いて彼女を見つめると、まひるは小さく笑って応えた。

「緊急事態だもの。仕方ないわ」

「……なるほど。腑に落ちたよ」

電話越しでも古城が絶句している様子が伝わっていたが、さすがは古城、一瞬で状況を把握したようだった。

「変だと思ったんだ。鳳が恐竜に興味を持っているだなんて話、一度たりとも耳にしたことがなかったからな。だが、姉さんが絡んでいるなら納得がいく。災難だったな、鳳。大方、あの恐竜マニアに引っ張り出されて、やむなく連れ回されているってところか」

「まあ、な」

当たらずも遠からずだ。どうやら肝心なところには気付いていないらしい。

「で、俺が殺されるって、いったいどういう意味なんだ」

「話は後だ。とにかく人混みはまずい。二人とも、まずは安全な場所に移動しろ。できれば電話は通話状態のままで頼む」

「分かった」

水月はまひるに目配せすると、周囲を見渡してみた。相も変わらず、大勢の人でごった返している。人混みを避けて歩くのは難しそうだった。

「水月君」

立ち往生している水月の袖をまひるが引いた。彼女が指差した先には、会場を見回り中の守衛が歩いている。二人は急いで守衛の元に駆け寄ると、「気分が悪くなったので休みたい」と申し出た。何の脈絡もなく「殺されそうなんです」と言ったところで、まともに取り合ってくれるとは思えない。

二人はそのまま救護室に案内された。部屋に入り、守衛が出て行ったことを確かめてから再び古城に話しかける。

「――聞こえるか、古城。さしあたっての安全は確保した」

「重畳《ちょうじょう》。そのまま周囲への警戒は怠るなよ」古城は前置くと、

「そうだな、まずは藍沢研究所について教えておこう」

「お前が犯人だと指摘した連中だな。いったい何者なんだ」

「端的に言えば、恐竜の研究に携わる機関だ。業界ではそれなりに名が通っているし、国内でも一、二を争う規模を誇っている」

「私も聞いたことがあるわ。日本の恐竜学会の双璧《そうへき》とも呼ばれているわね」

「双璧ってことは、もう一つ大きな組織があるんですか？」

「そうよ。それが――」

「榊原グループ。会長である榊原玄司を筆頭とする、日本恐竜研究界の総本山だ。藍沢研究所とは犬猿の仲にある」

「会長⁉　そ、そんな大物を殺したってのか？」

「ああ、正気の沙汰とは思えないな。この事実が明るみに出れば、藍沢研究所はおしまいだろう。だが、それだけのリスクを背負ってなお、充分すぎるほどの見返りがあったんだ」

「その見返りとは？」

生唾《なまつば》を飲み込む水月に、古城は一段と声を潜めた。

「恐竜に纏わる資料だ。箱型の小包で、完全に包装されていたから中身は知らない」

「たかが資料なんかのために人を殺したってのか」

「物事を自分の物差しで測るな。古生物学界のみならず、恐竜の情報は希少価値が極めて高い。ただでさえ恐竜発掘に纏わる闘争の歴史は根が深いんだ。最悪なのは、一八七〇年代から九〇年代にまで続いた、エドワード・コープとオスニエル・マーシュの二人の学者による諍《いさか》いだろうな。彼らによる恐竜化石の発掘競争は行き着くところまで行ったという。相手陣営への妨害行為、スパイ活動、買収、手柄の略奪は日常茶飯事、報道機関を通じての誹謗《ひぼう》中傷なんて可愛いものだった。挙句の果てには、ダイナマイトを用いた爆破工作や、銃撃戦にまで及んだというぞ」

「殺し合いじゃねえか！」

「二人の諍いが鎮静化してからは、比較的穏やかな状況が続いている——が、あくまで表面上はだ。水面下では今でも熾烈《しれつ》な諜報戦が繰り広げられていると聞く。現に、裏の世界じゃ榊原グループと藍沢研究所による手柄争いは、一際常軌を逸していることで有名だ。人知れず処分された死体の数も、一つ二つじゃ済まないだろう」

古城が口を閉じると、まひるが尋ねた。

「深夜。あなた、その資料とやらに何が記録されているか知っているの？」

「詳しい話は僕も聞かされていない。なぜなら、そういう契約だったからね」

古城の言葉に、水月は耳聡《みみざと》く反応する。

「契約ってどういうことだ」

「榊原翁からの依頼でね。僕は資料を秘密裏に運搬する任務を担っていたんだ」

「な、何ぃ⁉」

「声が大きい」

「す、すまん……」

水月は慌てて片手で口を覆うと、息を殺しながら古城に尋ねた。

「まさか、榊原さんが殺された日、お前が別荘を訪れていたのは――」

「ああ。資料の受け取りのためだ」

「そういうことか……」

　呆然とする水月の隣で、まひるが言った。

「ねえ、それでどうして水月君が狙われることになるのかしら。物を受け取ったのは、あなたなんでしょう？」

　その途端、古城の声がぱったりと止んだ。

「深夜」

「――分かってるよ」沈黙の後、苦々しげな古城の声が返ってくる。

「先に謝っておこう。鳳、僕が悪かった」

　殊勝に謝辞を述べてきた古城に、水月は度肝を抜かれた。あの古城が素直に頭を下げている。

　こんな日が来るとは思いもよらなかった。天変地異の前触れか。

「どうしたんだ、いきなり改まって」

「この極秘任務に当たり、僕は偽名を使っていたんだ。ご丁寧に顔写真入りの名刺まで作ってね」

　――まさか。

「なあ古城。まさかそんなことはないとは思うが、念のため聞いておこうか。その偽名は？」

「……鳳水月」

「こっ、こいつ――ぶっ＊してやる！　次会ったらてめえの金＊引っこ抜いて、恐竜の餌にしてやるから覚悟しとけ！　この＊＊＊の、＊＊＊野郎が！」

怒髪天。激怒のあまり、水月は携帯を叩き壊しそうになった。思いつく限りの罵声を浴びせると、

「お、落ち着け。悪かった！　さすがに反省している」

「反省も糞もあるか！　なるほど読めたぞ。さてはお前、偽の名刺を現場に残してきやがったな！」

いくら防犯カメラに不審な人物が映っていたとして、身元を特定するにはそれなりの時間を要するはずだ。にもかかわらず、早朝死体が発見され、午後には容疑者の元を警察が訪れている。これではあまりにも手際がよすぎる。恐らく、容疑者の身元をすぐに割り出せるだけの物証が現場に残されていたに違いない。

「……住所まで入れたのは、やりすぎだったな」

「この――」

いきり立つ水月を、まひるが宥める。

「確かに水月君の名刺が、殺された榊原氏の服から見つかっていたわ。十中八九、深夜が裏で糸を引いていると思っていたけど、案の定だったわね」

「日本の警察は優秀だが、まさか顔が同じ別人が出てくるとは夢にも思わなかっただろうな。

指紋を調べれば一目瞭然だろうに、功を焦ったらしい。とはいえ、僕だって一抹の責任を感じている。だからこそ危険を知らせるためにこうして連絡したんだ」

「済んだことは仕方ない、か」水月は大きく溜息を吐くと、

「で、俺たちはこれからどうすればいいんだ」

「問題の資料は既に然《しか》るべき機関に引き渡した。数日の内に、全世界に向けて新発見の一部始終が発信されるだろう。そうなれば、横取りを目論む藍沢研究所の計画は破綻する。それまで身を隠していろ」

「藍沢研究所の連中は、俺――『鳳水月』がまだ資料を持っていると思い込んでいるんだな？」

「そうだ。連中もなりふり構わず、強硬手段に出ている。元々の計画では、榊原翁を殺害して資料を奪い取り、僕にその罪を被せるつもりだったはずだ。あの日、僕と榊原翁が別荘で密会することが、事前に奴らに漏れてしまっていたんだろう。しかし、そこで資料の引き渡しが行なわれることまでは摑めていなかった。僕はただの来客としか認知されていなかったんだろう。生贄《スケープゴート》に仕立て上げるつもりが、とんだ失態を犯したわけだ」

「しかし、身を隠すっていってもな」

水月は顔を顰める。自宅は論外だ。榊原を殺害した犯人は、その際、水月の名前と住所が書かれた名刺を見たに違いない。水月の自宅は滅茶苦茶に荒らされていた。まひるの言った通り、

警察による家宅捜索が原因ではないとすると――。

魔の手はすぐそこまで迫っている。古城は「殺される」と警告したが、いよいよその言葉が現実味を帯びてきた。忍び寄る殺意に水月は総毛立つ。

古城に自宅が荒らされていたことを告げると、

「想定されうる最悪の事態だな。つけられていたとしたら、その会場には既に暗殺者《アサシン》が潜んでいるのかもしれん」

「こ、怖いこと言うなよ！」

水月はぎょっとして周囲に視線を走らせる。救護室にはほかにも二人いたが、いずれも水月たちより先に部屋にいた人間だった。後を追ってきた刺客である可能性は低い。

「だが、これはチャンスでもあるな」

古城の呟きに、まひるが眉を顰める。

「どういうことかしら」

「簡単な話さ。こちらが逆に刺客を押さえることができれば、藍沢研究所の犯行を明るみに出すための動かぬ証拠となるだろう？」

「ば、馬鹿言ってんじゃないわよ！　あんたまさか、水月君を囮《おとり》にする気？」

「囮捜査ならぬ、鳳《おおとり》捜査か――こいつは一本取られたな」

「……古城。お前、全然反省してないだろ」

諦めたように水月は首を振った。まひるも青筋を立てながら、

「とにかく！　私は絶対に認めないからね。そもそもこの国じゃ囮捜査は違法なのよ。それを分かって言っているの？　仮に合法だったとしても、水月君みたいなひ弱なうらなり瓢箪《びょうたん》に囮役が務まるはずないわ」

「ま、まひるさん。なにげに酷い」

「まあ二人とも落ち着けよ。僕に考えがある」

古城は自信満々に『作戦』の内容を語った。

話を聞き終えた二人は、しばらく無言だったが、

「これは俺一人で決められることじゃないですね。二人がそれでいいなら、俺は協力します」

まひるは腕組みをして険しい表情を浮かべていたが、意を決したように、

「私は乗るわ。危険はあるけど、水月君を守ることが何よりも大事だから」

「いい返事だ。これで僕らは一蓮托生《いちれんたくしょう》だな。さて、行動を開始する前に一つ、はっきりさせておこうか」

「何を？」

水月が尋ねると、古城は答えた。

「敵を知り己を知れば百戦殆《あや》うからず。榊原翁を殺害し、君たちを狙う暗殺者の正体を暴くのさ」

*

「あ、暴くって、どうやって？」

狼狽《うろた》える水月に、古城は「案ずることはない」とのたまう。

「僕はまだ、榊原翁が殺されたという情報しか知らないんだ。詳しい死因や状況を教えてくれ。嵌められっぱなしはどうも性に合わなくてね」

「分かった。じゃあまずは死因だな。被害者は鋭利な刃物で頸椎を刺されていた。死因は失血死。鑑識の見解によれば、被害者は一撃で絶命したらしい」

「やはりプロの仕業か」

「そうね。凶器も出所不明のサバイバルナイフだったし、素人による衝動殺人とは考えにくいわ。争いがあったなら、犯人は正面から刺すか、もしくは逃げようと背を向けた瞬間を狙うはず。こっそりと後ろから近付いて刺したのだとすれば、正確に頸椎を狙うことができるわ」と、まひる。

「なるほど……」古城が唸る。

「死亡推定時刻は？」

「死体が発見される前日の午後六時から午後八時までの間だ。その間、別荘に出入りしていたのはお前だけだ」

「それで僕が容疑者になるわけか」

　古城は納得したような憤慨したような声で言うと、

「その時間帯、ほかに出入りした人間は本当にいないのか」

「くどいわね。別荘の周囲には、至るところに防犯カメラが設置されている。午後六時から午後八時まで、どのカメラにも人が出入りした映像は記録されていなかったし、ましてや映像が加工、削除された痕跡もないわ。いい加減、観念しなさい」

　まひるがばっさりと切り捨てると、古城は「姉さんはどっちの味方なんだ」とぼやいた。

「だが僕が犯人でないことは絶対だ。ならば可能性としては二つ。被害者が自殺したか、もしくは予め別荘の中に潜んでいた人間によって殺害されたか。この二択だろう」

「後ろから頸椎を刺されたんだ。自殺ではないだろう。だとすると」

「犯人が最初から別荘の中にいたことになるな。恐らく僕が別荘を訪れる前に侵入し、僕が別荘から離れた直後に被害者を殺害。そのまま逃亡したんだ」

「残念だけど深夜。それはありえないわ」

「……なぜ」

「防犯カメラの映像よ。念のため、榊原氏が別荘入りした一ヶ月前からの映像を分析に掛けたんだけど、彼の別荘を訪れた人間は、漏れなく全員が退出している。誰かが潜んでいた可能性は皆無に等しいわ。それに、第一発見者である藍沢氏が別荘を飛び出してからも、警察が到着するまで別荘には誰も出入りしていないし、家の中も徹底的に警察が調べたけど、人っ子一人発見されなかったわ。被害者を除いて、現場は完全に無人だったはず」

「それを先に言ってくれ」古城は鼻を鳴らすと、

「さっそく手詰まりか……。やれやれ、存外、犯人は人じゃなかったのかもしれないな」

含みのある言い方に、水月が反応する。

「人じゃないって、動物か何かの仕業ってことか？」

「いいや、恐竜さ」

水月はぽかんと口を開く。

「おいおい、今度は何だってんだ？」

「榊原翁の別荘には、彼の研究資料も少なからず保管されていた。肉食恐竜の『歯の化石』もその一つだ」

「で？」

「傷口から判断して、凶器はサバイバルナイフだと見なされているんだろう？」

「……ああ」

「肉食恐竜の歯の形状にはいくつか種類があってね。アロサウルスやヴェロキラプトルの薄くて鋭い『ナイフ型』。ナイフ型から派生した太く分厚い『バナナ型』――これはティラノサウルスによく見られる歯だ。そしてスピノサウルスなどに見られる『円すい型』。これは魚を捕らえることに特化していて、ほかの二つに比べてまっすぐ伸びており、断面は丸くなっている」

「それがどうした」

「獲物の肉を切りやすく、そして歯を丈夫にするため、ナイフ形とバナナ型の歯の前後には、『鋸歯《きょし》』――セレーションとも呼ばれる細かいギザギザが表面に並んでいる。特に歯の後ろの鋸歯はインナーセレーションと呼ばれ、肉食恐竜の中にはこのインナーセレーションが飛び抜けて発達している種がいるんだ」

「鋸《のこぎり》みたいな歯ってことか」

「ああ。一般的なサバイバルナイフの背、恐竜の歯でインナーセレーションに当たる部分も鋸状になっている」

「まさかお前、『被害者の首に恐竜が噛みついた』とか言い出すつもりじゃないだろうな？」

「別荘の中に、ほかに『容疑者』はいないんだろう？」

いけしゃあしゃあと御託を並べる古城に、水月は冷酷に告げる。

「そうだな。きっと犯人は恐竜の化石だったんだ。古城、裁判でもちゃんと証言台でそう主張するんだぜ」

法廷で会おう、と電話を切ろうとすると、

「ま、待て！　冗談だ冗談！」と、泡を食ったような声が返ってくる。

「よくもまあこの状況で冗談が口にできるな、お前。尊敬するよ」

「よせ。褒めても何も出ないぞ」

「深夜。これ以上悪ふざけをするんだったら、たとえこの件が無事に片付いたとしても、あんただけは無事では済まされなくなるわよ」

まひるが凄味を利かすと、古城はぱったりと口を噤んだ。よく調教されている。

――まったく、恐竜が犯人なんて馬鹿げたことが――。

水月の脳裏を恐竜が、そして今さっき目にした恐竜土偶やカブレラ・ストーン、モザイク画の写真が走馬灯のように過る――。

その瞬間だった。

「――まさか」

全身に電流が奔る。水月は思わず携帯を落としそうになった。興奮と高揚と困惑。奇跡のような閃きに、水月はただただ戦慄する。

「水月君？　どうかしたの」

異変に気付いたのか、まひるが心配そうな声で尋ねた。水月は蒼褪めた顔で首を振ると、

「まひるさん。一つだけ確認させてください」

「何かしら？」

「古城が別荘に入る前、大きな鞄か、もしくは不透明なケースと一緒に出入りした人物はいませんでしたか？」

「変なこと訊くわね。えっと、確か深夜が別荘を訪れたのと同じ日の午前、朱美麻里奈という女性がボストンバッグを抱えて別荘に出入りしていたわ。高さと奥行は三十センチくらいで、幅は五十センチくらいだったかしら……。でも、彼女は家政婦ってだけで、藍沢研究所とは何の関係もない人物よ」

「ありがとうございます。それだけで充分です」

「……鳳？」

今回ばかりは古城の出番はないかもしれない。水月は口端を吊り上げると、

「古城、どうやら謝るのは俺の方だったみたいだ」

「何だと？」

「悪いな。お前の台詞を使わせてもらう」

そして水月は宣言する。

「すべてのＰＡＲＴＳは揃った」

5

「面白い」

夜の帳《とばり》が下りたかのような沈黙を破り、古城が静かに言った。

「そうこなくてはな。話してみろ鳳。君が見出した答えを」

水月は携帯を持ち直し、深呼吸をすると、

「古城の言葉がヒントになった。お前の言った通り、ある意味ではこの殺人事件の犯人は恐竜だったとも言える」

「……ほう」

「誤解するなよ。榊原さんはもちろん化石に殺されたわけじゃない。殺人者はれっきとした人間だ」

「でも水月君。犯行当時、現場には人なんていなかったのよ。ただ一人、深夜を除いてね」

「違いますよ、まひるさん」水月は首を振ると、

「犯行の際、現場には榊原さんと犯人の二人がいたんです。古城は事件が起こる直前に、別荘を出ていました」

「裏を返すと、深夜が別荘を出た直後に犯行が行なわれた、ってことになるけど」

「そうです、その通り」

「ふん。やはりあの時、既に犯人は別荘に潜り込んで身を隠していたんだな」

「でもいったい誰が？　繰り返しになるけど、犯行後、防犯カメラには別荘から逃亡した人間なんて映っていなかったし、警察が隈なく現場を調べたけど、誰も隠れてなんていなかったのよ」

「いいえ。犯人は防犯カメラの目の前で出入りしていたんですよ。僕らが認識できていなかっただけで、ね」

「――そうか。そういうことか」悟ったような声が電話越しに響く。

「犯人は、あそこにいたのか」

「博覧会に足を運んだ甲斐があったよ。そうでなければ、恐らく気付けなかっただろうな」

「な、何の話をしているの」

「恐竜土偶、カブレラ・ストーン、そしてモザイク画、これらすべてに共通することは一つ。人類と恐竜の共存――そうでしたよね」

「え、ええ。そうよ」

「この事件の犯人も、一時的ですが、謂《い》わば共存していたんですよ。別荘に入る時は朱美麻里奈と、そして出る時は藍沢亮とね」

「そ、それってつまり――」

「犯人は鞄の中に隠れていたんです。侵入する時はボストンバッグの中、脱出する時はスーツケースの中に」

「は？　えええええっ⁉」

まひるは両手で口を覆った。

「盲点だったな。凶器や死体ならともなく、人間そのものを持ち運ぶとは」

「ま、待ってよ。じゃあ犯人は――」

「高さと奥行が三十センチ、幅が五十センチのボストンバッグの中に隠れるとなれば、小人症《こびとしょう》を患っている人か、または子供にしかできないでしょうね」

水月は目を閉じる。事件の概要はこうだ。

その日、榊原の元を何者かが来訪することを知った藍沢亮は、資料強奪と殺人の罪をその人物に着せようと画策した。

そして、小さな暗殺者を雇い、まず事件当日の午前に朱美麻里奈と一緒に侵入させた。金で釣られたのか、あるいは脅迫されていたのか、理由は定かではないが、朱美も犯行の片棒を担いでいたのだろう。身を屈めた暗殺者はボストンバッグに入り、まんまと防犯カメラの目を欺いて別荘へと侵入し、身を隠した。

そして予定通り古城が訪れる。その後、彼が出て行ったことを確認してから、暗殺者はすぐさま行動を開始した。ゆっくりと榊原の背後に忍び寄り、その頸椎にサバイバルナイフの一撃を喰らわせたのだ。被害者は絶命し、暗殺者は任務を完遂しようとしたが、ここでアクシデントが発生する。

別荘からは目的の資料が見つからなかった。既に古城の手に渡ってしまっていたからだ。

翌日、別荘を訪れた藍沢は、榊原の様子を窺うという建前で、中へと足を踏み入れた。その手には大きなスーツケースが引かれていたが、恐らく中身は空っぽだったのだろう。別荘に入ってすぐ暗殺者をスーツケースに匿《かくま》い、あたかも自分が第一発見者であるかのような演技を防犯カメラの前で披露したのだ。当然、別荘のドアが開いていたのも、中にいた暗殺者が手引きしていたに違いない。

こうして、まんまと防犯カメラの前で犯人の出し入れが完了したが、目的の資料を奪取することは叶《かな》わなかった。藍沢たちは焦り、更なる強硬手段に打って出た。

彼らにとって幸運なことに、そして水月にとっては不幸なことに、榊原の服には密会した人物の名刺（偽物だが）が入っていた。

そして度重なる誤解の末、水月は藍沢研究所とその刺客から命を狙われる羽目になっている——。


水月が目を開けると、耳元で古城の声が響いた。

「どうやら姿なき犯人の正体は、白日の下に晒されたようだな」

「どうする古城。例の『作戦』、本当に実行するのか？」

「ああ。僕は相手が女子供だろうと、一切容赦はしない。気の毒だが、僕に牙を剝いたが最期、この恐竜には滅してもらう」

古城は冷酷に言うと、

「姉さんはどうする。手を引くなら今の内だぞ」

「どうもこうもないわ」

まひるは、ぱきり、と指を鳴らすと立ち上がった。

「行きましょう。略奪者《ラプトル》ごときに水月君の命を盗らせはしない。その前に私が——暴君《ティラノ》が蹂躙《じゅうりん》してみせるわ」

＊

国際展示場から歩くこと約三十分。

まひると別れた水月は、東京湾に面した晴海《はるみ》の埠頭《ふとう》周辺で息を潜めていた。切妻屋根の倉庫が立ち並ぶ横で、眼前に広がる東京湾を無心で眺める。黄金《こがね》色の夕焼けを反射する水面は、黄玉《トパーズ》のような輝きを纏いながらゆらり、ゆらりと揺れている。

辺りに人気《ひとけ》はなく、しんと静まり返っていた。東京湾にせり出した堤防には、無造作に投げ出された青色の防水シートのほかに何も見えない。ただ一人、堤防に立ち、ぼんやりと海に向かっているだけだ。

その人物の背後へと、どこからともなく現れた矮小《わいしょう》な人影が、音も立てずに一歩ずつ、だが着実に忍び寄っていた。

――まだだ。もっと引きつけてから。

水月は歯を食いしばる。気付かれてはいけない。悟《さと》られてはいけない。まだだ。まだ彼女の射程範囲に入ってはいない。

人影との間隔は、今や数メートルにまで狭まっている。忍び寄るその影は、片手をすっと腰に当て、刃長《はちょう》にして二十センチはあろうかという禍々《まがまが》しい形状のナイフを取り出した。

その直後だった。

風を切る音が鳴る。

人影は上半身を極限まで仰け反らせ、頭部を打ち払おうと真横から繰り出された蹴りを回避した。

その勢いのまま、側転と宙返りを駆使して一息に襲撃者との距離を取る。回避行動と同時に、空中でナイフの柄を口に咥えたらしく、自由になった四肢を使って危なげなく着地を決めていた。人影は地を這うような姿勢で、威嚇するように襲撃者を睨み付けている。

人影が見せた一連の動きは、およそ常人の反射と身のこなしからは遠くかけ離れたものだった。確かにそれはもはや人と呼ぶに値しない。四肢で大地に立ち、口に咥えたナイフを牙のように光らせるそれは、野生に生きる獣——恐るべき竜だった。

「参ったな。今のを躱《かわ》すか……」

襲撃者——古城まひるは苦笑している。水月と別れた後、彼女は一足先に堤防を訪れ、そのまま防水シートの下で不意打ちの機会を窺っていた。暗殺者を上手く埠頭に誘《おび》き出すことまではできたが、まさしく紙一重のところで初撃を回避されてしまった。

「あなた、博覧会の会場で私たちを見ていたでしょう？　ほんの僅かだけど、殺気の揺らぎを感じたの。私も鈍ったものね。迷子だなんて、とんだお笑い草だわ」

暗殺者は何も言わない。じっと相手の呼吸を計るかのように、まひると対峙《たいじ》している。

その直後、これから始まる死闘を祝すかのように、雲に陰っていた夕日が差した。

意図せず照らし出された暗殺者の素顔に、水月は啞然とする。

——お、女の子じゃないか……！

なんと暗殺者の正体は、年端《としは》も行かぬ少女だった。黒髪を短く切り揃えており、その小さな体を無垢《むく》な純白のワンピースが包んでいる。服の下には無骨なナイフを収めるためのバックルが巻かれているはずだ。純白。返り血など浴びるはずがないという自信の表れなのだろうか。

幼き狂戦士は黙したまま語らない。

子供かもしれないことは覚悟していたが、こんな幼気《いたいけ》な女の子の手を血に染めさせるなど狂気の沙汰だ。少女の虚《うつ》ろな目を覗き込んだ水月は、遣り場のない怒りを覚えた。

——それにしても、まひるさん。さすがといっていいのか、相手の正体を知ってもまったく動揺していない。

片や、まひるの背後で縮こまっている男はすっかり腰を抜かしているが、少女と向き合うまひるの目に迷いはなかった。すぅ、と息を吐くと、ゆっくりと両足を前後に開く。左足が前、右足が後ろだ。そのまま左足の膝を曲げて腰を落とし、後ろ足の爪先をやや外に開く。左手は顔の前に翳《かざ》し、握りしめた右手の拳を腰に添えている。

――前屈立ちか。

空手における基本立ちの一つ。攻撃に転じる時は、そのまま前足と反対の手で突く『逆突き』や、後ろ足の膝を引き上げ、膝を支点に足先を繰り出す『回し蹴り』などに繋げることのできる構えだ。

それを見た少女は身を起こし、口に咥えていたナイフを右手で取ると、順手に持って親指をナイフの背にかけた。これは『セイバー・グリップ』。刃先のコントロールと刺突に適した握り方だ。

両者の構えから、それぞれの狙いが見えてくる。

少女は自分の存在が見抜かれていたことを既に理解している。当然、埠頭に誘き出されたことも罠だったと悟っているだろう。であれば次に懸念されるのは増援だ。この闘技場が敵に仕組まれた舞台だとすれば、いつ増援――この場合、警察あるいは機動隊になるか――が訪れるか分からない。罠だと分かった時点で、彼女にとって最善の手は否が応にも『撤退』となるはずだった。

しかし、少女に退《ひ》く気はないようだった。

彼女もまた退路を断たれているのだろう。目撃者は必ず消すよう徹底的に刷り込まれているのだと見える。

だからこそのセイバー・グリップだ。少女の狙いは『短期戦』。増援が来る前に、迅速に対象を殺さねばならない。鍔迫《つばぜ》り合いではなく、懐に潜り込み、一撃で相手を仕留める必要がある。セイバー・グリップは、刃先に力を乗せるよりも、手首の動きで的確に急所を狙う戦法に長《た》けているのだ。

対して、まひるの前屈立ちは『長期戦』が狙いであることを示している。

武器を持たないまひるだが、二つ、少女に対してアドバンテージを有している。

一つは純然な体格差による射程距離だ。腕の長さ、足の長さ。言うまでもなく、まひるに軍配が上がる。迂闊《うかつ》に彼女の射程圏内に入ったが最後、上下左右、四方八方から強烈な正拳もしくは爪先が襲ってくる。接近戦において、武器を持っていることが必ずしも有利には働かない。武器を持った利き手を捌《さば》かれたり、いなされたりすれば、命取りになりかねない隙が生じてしまう。

もう一つのアドバンテージは時間。少女にとって増援が脅威であるのと裏表で、こちらにとっては頼みの綱となる――はずなのだが、

――警察の到着は期待できない。まひるさんの言う通り、この国じゃ囮捜査はできないんだ。この作戦は俺たちの独断。つまり、いくら待っても助けは来ない――が、それこそが真の狙いだ。

敢えて『長期戦』を狙っているかのように見せかけることで、増援を待っているのだと相手に思い込ませる。時間認識の錯誤。これが本当のアドバンテージだ。勝負を急ぐことから生まれる攻撃の隙を狙う。前屈立ちの構えはその布石だ。

お互いに構えを崩す気配はない。

少女はじりじりと間合いを詰めてくる。まひるはぴくりとも動かない。

突如、少女の動きが止まる。水月は目を擦って何が起きているのか見ようとしたが、さっぱり分からなかった。完全に憶測となってしまうが、恐らくまひるの射程圏に触れたのだ。彼女の殺気を敏感に読み取ったのだろう。

——つくづく人間業じゃないな。

水月は緊張と恐怖に震える膝を必死で押さえる。この状況、自分が役立たずであることは充分理解しているが、古城の言う通りもはや一蓮托生だ。まひるが殺されてしまえば、古城の命はないし、水月の命も風前の灯火だ。

少女は、まひるに半身を向けた状態で、左右に歩きながら攻撃の機会を窺っている。だが、一向に攻め入る隙が見つからないようだった。下手に射程圏内に踏み入ればどうなるか——歴戦の経験か、あるいは本能か、その危険性を少女はよく理解しているようだった。

その光景は、まさに肉食恐竜同士の戦いだった。

暴君《ティラノ》が一撃の下《もと》、強靭な大顎で敵の頭蓋を噛み砕くか――。

略奪者《ラプトル》が一撃の下、鋭利な鉤爪で敵の心臓を貫くか――。


息詰まる睨み合いが永遠に続くかに思われたが、おもむろに少女の体が躍動した。

ナイフを持つ右手を後ろに引き、まひる目がけて飛び掛かる。まひるは即座に腰を深く沈めて、迎撃の体勢に移った。次の瞬間、今度はまひるが大きく体を捻った。少女が放った予想外の奇手に、水月は茫然と目を見開く。

少女は跳躍したまま、後ろ手に引いたナイフをまひるの顔面に投擲《とうてき》したのだった。

コンマ一秒でもまひるの反応が遅れていたら、ナイフは彼女の顔に深々と突き刺さっていただろう。

凶悪なサバイバルナイフは彼女の頬を掠め、薄皮一枚を切り裂いて飛んでいった。

構えを崩されたまひるは横向きに倒れ込むが、すぐに片手を突いて跳ね起きる。しかし、その一瞬の隙は致命的だった。

少女が迫る。まひるとの距離はもはや一メートルもない。完全に懐に入られた。

「――あ」

水月は、危ない、と叫ぼうとしたが、時すでに遅し。そのまま、まひると少女の体が衝突――、

しなかった。

「え？」

呆《ほう》けた声が口を突く。少女はまひるの横を素通りすると、彼女の背後で震えていたもう一人に接近していた。

「しまっ――！」

まひるが叫ぶ。少女は足を止めることなく、再び腰に手を翳し、もう一本のナイフを取り出そうとしている。

水月は少女の狙いをようやく理解した。

彼女は、まひるを倒すことは難しいと判断したのだろう。だから標的を変えたのだ。隅で腰を抜かしている、見るからに弱そうなもう一人に。彼を人質にして、まひるを無力化、もしくは投降させる算段に切り替えたのだ。

真の狙いを隠していたのは、こちらだけではなかった。

殺される。水月は固く目を瞑った。

「――馬鹿な恐竜だ」

勝負は一瞬で終わった。

片腕を捻り上げられた少女は身動きを取ることができず、首の後ろに手刀を喰らって呆気なく意識を失った。

「詰めが甘かったな。いや、この場合、爪が甘かったとでも言うべきか」

そして、古城深夜は服についた汚れを払った。

＊

敵を迎え撃つにあたり、水月と古城は入れ替わっていた。

電話で連絡を交わしながらも、古城は博覧会の会場へと急いで向かっていた。お互いさほど離れた距離にいなかったことが幸いし、密かに埠頭で落ち合った三人は古城の考えた作戦を実行した。

まず、古城と水月はお互いの服を取り換えた。警察に追われていた古城は変装をしていたため、水月の正体を隠すにはうってつけだった。

そして水月は離れた場所に身を潜め、まひるは防水シートの下に身を隠し、古城は堤防の先で敵を誘き出す役目を担った。

古城の存在は最後の切り札だった。「誰であれ、一度勝利を確信してしまえば必ず油断が生じる」。古城はそう言って不敵に嗤った。

この囮捜査にまひるが乗ったのも、囮役が水月ではなく古城だったからにほかならない。まひる曰く、「深夜なら大丈夫でしょ」とのことだった。何でも、必要最低限の武芸については、嗜みとして幼少の頃から叩き込まれているらしい。古城家、恐るべし。

そして結果はご覧の通り。

「はぁ……」

変装用の眼鏡と付け髭《ひげ》を外しながら、水月は安堵の溜息を吐いた。

手にしていた双眼鏡を投げ出し、へなへなと尻もちをつく。

夜に染まりつつある空を見上げながら、水月は呟いた。

「あの野郎。結局、美味しいとこ全部持っていきやがったな……」

6

事件の収束から数日が経った。

古城、まひる、水月の三人は、まひるの自宅でテレビを眺めていた。画面の中では、禿髪《とくはつ》の外国人が厳《いか》めしい顔で壇上に立っている。この映像は全世界生中継になっているらしい。

「僕は二人に嘘を吐いていた」不意に古城が口を開いた。

「嘘って?」と、まひる。

「今回の事件の引き金になった資料。あの中身について、僕はもう少し突っ込んだ詳細を聞かされていたんだ」

「またお得意のだんまりだったのかよ。うーん、いまさら言い出されてもなあ……。いずれにしろ今から発表されるんだろ?」

水月がテレビを指差すと、古城は頷いた。

「ふん。まあな」

「でも気になるわね。ねえ深夜、せっかくだし先に教えてよ」

まひるが言うと、古城は「仕方ないな」とわざとらしく咳払いをした。どうやら自分が喋りたかっただけらしい。面倒な奴だ。

「あの小包の中身は『剝製』だった」

「剝製って、もしかして恐竜の?」まひるが目を輝かせるが、

「いや、恐竜じゃない。鳥の剝製だ」

「そんなものが貴重なのか」水月は首を傾げる。

「何だ鳳、君は姉さんから『鳥類は恐竜の生き残りだ』と、教えてもらったんじゃないのか?」

「あ、そうだった……」

「いくら琥珀《こはく》の中で保存されようと、遺伝子は時間の経過とともに劣化する。フィクションの世界では保存された恐竜の遺伝子からクローンを生み出す描写が往々にして見られるが、理論上は限りなく不可能に近い」

「へえ」

「だが、現存する遺伝子ならば話は別だ。鳥類は恐竜の特徴を色濃く受け継いでいる。その進化を遡りながら恐竜の実態に迫る方が、恐竜復活において遥かに現実的だと考えられている」

「なるほどな。それで鳥の剝製なのか」

「おっと、話はまだ終わっていないぞ」古城は指を振ると、

「この剝製は、ごく最近制作されたものでね」

「どういう意味かしら」

まひるが腕を組む。

「鳥の死体が丸ごと取り込まれた琥珀が見つかった、とかじゃないの?」

「違う。この剝製は、『生きた化石』のものなんだ」

「生きた化石って?」と水月。

「シーラカンスやカモノハシなど、遥か古代から絶滅することなく、今の時代まで生き抜いてきた種の総称だ。先日、アメリカ大陸の僻地《へきち》で新種の鳥類が発見された。いや、新種というと誤解を招くか。正しくは、理論上絶滅したはずだった、中生代の鳥類の生き残りが発見されたんだ。僕が運んだ資料とは、その鳥類の死体を剝製にしたものだった」

「つまり、現存する最古の鳥類ってことか」

「恐竜と鳥類、その狭間に位置する極めて貴重な生態資料だ。これを機に、鳥類の進化を一気に遡ることだって夢じゃない。あまつさえ、この鳥があまねく恐竜の母となる可能性もある」

古城は足を組んでにやりと嗤う。

「この発見は世界を覆すぞ。遠くない未来に復元された恐竜が再び地球上を闊歩《かっぽ》することだろう。言うなれば『場違いな工芸品』をあるべき場所へと孵すといったところか」

「古城。ようやく鑑定成功か？」水月がからかうように言うと、

「いや、まだだ」古城は首を振る。

「何十年、何百年先になるか分からないが、その日は必ず訪れる。鑑定の結果はそれまでお預けだ。僕らは次世代へと繋いでいくのさ。太古の生物への憧憬――夢《ロマン》をな」

「そうか……」

水月はそっと目を閉じた。

瞼《まぶた》の裏に、密林を悠々と練り歩く肉食恐竜の姿が浮かぶ。
荒々しく、そしてどこまでも猛々《たけだけ》しく――。
恐竜の壮大なる咆哮《ほうこう》を、水月はその耳に確かに刻み込んだ。

鑑定FILE NO・3
『恐竜』
鑑定未遂

最終章　ストーンヘンジの双子

1

「僕はですね、はい。鳳深夜と申します、ええ」

泥水でも飲まされたような顔で古城深夜が吐き捨てる。

——そこまで嫌がられると、さすがに癪に障るな。

決して自分の名字に誇りを持っているわけではないが、ここまで拒絶反応を示されては不愉快な気分になるのも無理からぬことだろう。

鳳水月は軽い意趣返しも兼ねて咳払いする。古城の顔がさらに引き攣った。

「そしてこちらは……あ、兄の鳳水月です」

「よろしくお願いします」

水月は満面の笑みで古城の肩を叩くと、前に身を乗り出した。ちらりと視線を横に投げると、古城は殺意の籠った目でこちらを睨んでいた。水月は思わず口元を緩める。古城に対して優位に立てる機会などそうそうない。この機に、日ごろの鬱憤をたっぷりと晴らしておくことにしよう。

——楽しみだなあ。古城の道楽に付いてきた甲斐があったってもんだ。

水月は三日前の光景を思い起こす。

すっかり秋も深まった神無月《かんなづき》の半ば。大学構内の並木通りも段々と茜《あかね》色に染まってゆき、町中ではハロウィンの飾り付けが目立ち始めてきていた。

秋物の服でも揃えようかと、水月は一人、渋谷の道玄坂周辺を所在なく歩き回っていた。

平日にもかかわらず、どこの店も盛況で賑わいに満ちている。ふと道端に目をやると、大通りに面した派手な洋菓子屋の軒先に、三角帽子を被せられたかぼちゃのランタンが吊り下がっていた。その店の隣にある開放的な喫茶店では、気の早いことに、西洋の魔女が纏うような紫色のローブに身を包んだ女性店員が接客に追われている。

こうした光景も最近では特に珍しくもなくなってきた。若年層がこの手のお祭りを好むのはさして異常なことでもないし、飲食店やアパレル店にとっては年末年始の商戦を前にした、ちょっとした稼ぎ時にもなる。

ハロウィンの文化は二千年以上前のヨーロッパに勢力を広げていたケルト人の宗教儀礼に起源を持つとされている。ケルト人は十一月一日を新年最初の日と定め、十月三十一日は今でいうところの大晦日《おおみそか》に該当していた。大晦日の夜は、死者の霊が家族を訪ねてくると信じられており、霊に混じって悪霊や魔女などの忌まわしいものも現れるため、仮面を被って顔を隠したり、魔除けとして篝火《かがりび》を焚《た》いていたという。

その後、ケルト人はローマ帝国の支配下に置かれることになるが、土着の民間信仰の色を残しつつも、ケルト人をキリスト教に改宗させるべく、今のようなハロウィンの雛型が形成されていった。

英語圏においてハロウィンは、すべての聖人や殉教者を記念する『万聖節』の前夜祭として認知されている。『ハロウ』という言葉も聖人を意味しているとされる。

こうした由来《ルーツ》を考えるに、大衆娯楽色の強い日本のハロウィンは飛び抜けて異色に映るが、それ自体日本という国固有の文化と見なすこともできる。そもそも日本という国は、ある意味宗教の坩堝《るつぼ》であるとも言える。聖夜に煩悩に塗《まみ》れた翌週には、手の平を返したかのように、煩悩を消し去るべく除夜の鐘を鳴らすのだ。まったくもって調子のいい民族である。

――まあ、そのぐらいお気楽な方が平和って感じもするけどな。

仮装している店員から目を離した水月はふと気付く。ハロウィンの主な仮装はお化けだが、ドッペルゲンガーの仮装があるとすれば、それはまさに自分のことではないのか。

――つまり俺は年中ハロウィンか……ん、年中?

水月の顔が絶望に歪む。このままではクリスマスもあの変人と一緒に過ごす羽目になるのではないだろうか。その光景を想像し、水月は気絶しそうになった。ハロウィンなどよりよっぽどホラーだ。

——まひるさんを誘ってみるか……。

だが、さすがに唐変木の古城にも気付かれる可能性がある。それだけは嫌だった。

煩悶《はんもん》していると、ポケットの中のスマホが振動した。手に取って画面を見ると、ちょうど今頭を悩ませている人間の名前がそこに表示されていた。気乗りしないが耳に当てる。

「何だよ、古城」

一拍置いて、

「やあ。オオトリック・オア・トリート」

「ハロウィンは月末だぞ。じゃあな」

水月は通話を切った。電源も切ろうとしたが、再度着信があったので、やむなく応答する。

「次にふざけたら電源を切るぞ」

「冗談の通じない奴だな」

古城の憤慨したような声が耳に届く。

「せっかく面白い話を持って来たというのに」

「またガラクタ鑑定か。お前も懲りないな」

「懲りる？　はっ、馬鹿を言うな」古城は謳《うた》い文句を口にする。

「僕はこの世のすべてのオーパーツをあるべき場所へと還さねばならない。止まっている暇はないんだよ」

「ご高説はもう聞き飽きた」

水月は適当に目についた路地裏に滑り込むと、

「で、今度は何の鑑定だ」

「佐賀市の山間に佇む私有地なんだが、『巨石庭園《きよせきていえん》』という」

「庭なのか」

「ああ。何でも地元名士が私財を投じて石を集め、庭園一帯にちりばめているらしい」

「石とはまた地味だな……。そんなものがオーパーツに成り得ると？」

「甘く見ていると痛い目に遭うぞ、鳳。巨石遺構の素晴らしさについては、君も実物を見れば
きっと分かるだろう」

古城はくくっと喉を鳴らすと、

「敷地は完全私有地のため、一般人の出入りは許されない。だが、この度、家主側の計らいで
庭園の鑑賞会が開かれるそうでね。その情報を摑んだから君に連絡したんだ」

「話が見えないんだが」

水月は首を捻る。行きたければ勝手に行けばいい。古城はオーパーツの鑑定稼業に奔走し、
水月は大学で一人二役を演じる。そういう契約だったはずだ。

「俺の力が必要ってことか」

「業腹だがな。君以外に適任がいないんだ」

「お前はもうちょっと頼み方ってものを学んだ方がいいな」

「絡むなよ、兄弟。僕らの間に礼は不要だろ」

「……おい待て。今何て言った」

「どうした兄弟、耳が遠くなったのか」

「誰が兄弟だ。気色悪い」

「気が合うな。僕もだ」

古城は一転して真面目な口調になると、

「実に、実に実に実に迷惑なことにね。その鑑賞会の参加条件は『双子であること』なんだよ」

「はあ？　何だそりゃ」

水月はスマホを取り落としそうになった。参加条件にも突っ込みどころはあるが、それよりも、

「まさかとは思うが、お前、俺に双子のふりをしろって言うんじゃないだろうな」

「話が早くて助かる」

「絶対嫌だ」

何が悲しくてあんな奇人と血を分けた兄弟のふりをしなくてはならないのか。新手《あらて》の拷問か。

「そう言うと思ったよ。だからこれはボーナスだ。報酬も弾ませてもらう」

「やめてくれ。まるで俺が金の亡者みたいじゃないか」

「おや、違ったのか。てっきりハロウィンには、お札《ふだ》の代わりにお札《さつ》を額に貼り付けたキョンシーのコスプレをするものだとばかり」

「切る」

水月が通話を終わらせようとすると、古城は慌てたように、

「わ、分かった。じゃあこれは貸しでいい。後で何でも望みを聞こう」

「そう言われてもな……」

水月は渋い顔になる。古城にしてほしいことなど特にない。取引にさえなっていない。

――いや、待てよ。

水月は、にたりと口元を歪ませると、

「貸しにはしなくていい。だが、鑑定の最中はずっと、ある条件を呑んでもらう」

「条件?」

「ああそうだ」水月は声を潜めると、

「演じる役は俺が兄で、お前が弟。もちろん名字は『鳳』を使わせてもらう」

「――なっ！」

電話越しでも古城が絶句しているのが分かった。いい気味だ。

「ほ、本気……なのか？」

「本気も本気だ。これが呑めないなら俺は行かない」

「鳳、お前……悪魔か？　ハロウィンは月末だぞ」

「それはさっき俺が言った」

ここは一気に畳み掛ける場面だ。水月は選択を迫る。

「さあ、どうするんだ。あと十秒で決めろ。九、八、七――」

「ぐぅ……ぐぐぐ……ぅぅぅ」

地獄の底から響いてくるような声だった。

「そんなに嫌ならやめてもいいんだぞ。はい、四、三、二、一――」

「わ、分かった！　条件を呑む！」

やけくそになったように古城が叫んだ。水月は思わずガッツポーズをする。

「英断だな、弟君」

「貴様、覚えていろよ……。この屈辱はいつか必ず――」

「詳細はまた連絡してくれ。それじゃ」

水月は一方的に話を打ち切ると、電話を切った。片手で顔を覆うと、

「……ふっ、くくくっ、くははははっ！　あーはっはっ！」

まるで、かのオーパーツ鑑定士のような嗤い方をしていることに、水月は自分で気付いていなかった。空に向かって両手を突き出し、快哉を叫ぶ。久々に味わう解放感と充足感と達成感。ドッペルゲンガー万歳、お化け様様だ。

ひとしきり笑って満足した水月は、再び大通りを歩き出した。両脇に立ち並ぶ店の華々しい飾り付けがすべて、自分を祝福するためにあるような錯覚に包まれる。

「トリック・オア・トリート」

素晴らしきかな、ハロウィン。屈辱に悶《もだ》える古城の顔を想像し、水月はほくそ笑む。

それはこの世のどんな菓子よりも甘く、魅力的な誘惑だった。

＊

時は進む。

その日、『巨石庭園』には水月と古城の組を含めて、計四組の招待客が訪れていた。

兄弟が一組、姉妹が一組、兄妹が一組、そのすべてが見事に双子だった。

屋敷まではそれぞれ個別の送迎車に乗せられていたため、顔合わせとしてはこれが初めてになる。一同は屋敷の正面玄関から入ってすぐの場所にある大ホールに集められていた。主人はもうすぐ顔を見せに来るらしい。

それまで自己紹介でもしておこうという話になり、水月と古城がいの一番に自己紹介を終えると、もう一つの兄弟の組が後に続いた。

「兄の式神《しきがみ》左京《さきょう》です」

「弟の式神右京《うきょう》だ」

示し合わせたかのように、双子の声が重なって響く。厳めしい名前と風貌だったが、年の頃は三十代半ばらしい。二人は揃って頭を丸めており、修行僧のような身なりをしていた。濃紺の法衣《ほうえ》までお揃いなので、どっちが右か左か分からない。ここまでくるとわざと分かりにくくしているのではないか、という疑念すら抱いてしまう。

「お二人はお坊さんですか」

「京都の古寺で住職をやっております。今回のお話は、右京が私の元に持ってきたのです」

ということはつまり、彼は左京か。逐一相手がどちらなのか推測しなくてはならないので、水月は早くもこの兄弟が苦手になっていた。迂闊に名前も呼べやしない。

「弟の右京さんも住職なんですか」

「いえ」左京は苦笑すると、

「彼は違いますよ。十年以上前に父から破門されて以来、全国各地を放浪しているそうです。本人曰く、楽しくやっているそうなので私は基本的に不干渉を貫いていますがね」

「は、破門？」水月がぽかんとしていると、その右京が言った。

「俺の職業は推理小説家なんだ。長年の夢が叶って作家になったものの、親父に報告したら、殺生を娯楽にするとは何事かと大目玉を喰らってね。それきり親子の縁を切られてそれまで、ってところだ」

「じゃ、じゃあその格好は？」

「今日のために新調してきた。これでも、ひと月前までは金髪のパンクファッションだったんだぜ」

「その割にはお似合いですが……」

「だろ」右京は満足そうに頷くと、

「これでも推理作家の端くれなんでね。双子の扱いに関しては一家言《いっかげん》あるわけよ。地の文では嘘を吐いてはいけないだの、双子の設定は予め読者に知らせておくべきだの、制約も多いんだ。こないだまでの俺の格好じゃあ、誰にも双子だと信じてもらえなかっただろう。兄貴に合わせてもらうのも忍びねえし、俺が一肌脱いだってわけさ」

「はあ、お兄さん思いなんですね」

するとと右京は困ったような顔で、

「そんな泣ける話でもないんだな、これが。今言ったのは所詮《しょせん》、後付け設定だ」

「と言いますと？」

「面白いネタになりそうだから俺はどうしてもこの鑑賞会に参加したかったんだ。双子であることが絶対条件なんだが、まさか写真入りの書類審査まであるとは思わなくてね。それがなきゃ頭を剃《そ》ることもなかった。鬘《かつら》を被ったところで、その場しのぎにしかならねえしな」

右京は坊主頭を掻きながら、溜息を吐いた。

——書類審査まであったのか……。

初耳だった。古城を盗み見ると、彼はさっと視線を逸らした。大方、学生証の写真のコピーでも使ったのだろう。れっきとした肖像権侵害だ。

するとと横から、

「あら、私たちはそこまで考えていませんでした。ねえ、アリス」

「ええ、アリアお姉さま。でもこうしてお招きいただいたんですもの。お洋服や髪形を揃えなくても、私たちはちゃんと双子だと分かってもらえたのでしょう」

双子の姉妹が会話に割り込んできた。流暢《りゅうちょう》な日本語を操っているが、光沢のあるブロンドに水色の瞳と、外見は明らかに外国人のそれだ。

「皆さん、改めて自己紹介をさせていただきますね。私は姉の妻坂《つまさか》アリア、そしてこちらが妹の妻坂アリスです」

「よろしくお願いします」

美人姉妹は仲良く並んで腰を折る。ロングヘアで赤色のガウンを羽織っているのがアリア、ショートヘアで青色のガウンを羽織っているのがアリスだ。式神兄弟と違い、こちらは外見で判別できるので分かりやすい。

年齢は水月や古城とあまり変わらないように見えた。まるで精巧に作られた一対の西洋人形《ビスクドール》だ。原宿辺りを歩かせればスカウトに声を掛けられることは間違いないだろう、などと思っていると、

「私たちは双子のモデルなんですよ。ちょっとした雑誌の表紙を飾ったこともあるんです」

と、アリアが言った。既にそちら側の人間だったらしい。

「妻坂さん姉妹はハーフなのですか」左京が訊くと、

「ええ。母がヨーロッパの生まれでして。私たち姉妹も高校まで地元のスクールに通っていましたが、交換留学生として日本の大学に通うことになったんです。卒業後はモデル業の傍ら、英会話教室の非常勤講師をしています」アリアが答えた。

「この鑑賞会も英会話教室の生徒から教えてもらったんですよ。先生たちなら参加できるんじゃないか、って」

アリスが後を受けると、古城が「一つ訊いてもよろしいですか」と腕を組んだ。

「お二人の故郷はもしかして、イギリスではありませんか」

「ええ、そうですけど」

そこまで言ってアリスは「あら」と首を傾げた。

「あたし、出身国まで言いましたっけ」

「そういえば」アリアもはっとしたように目を見開くと、

「凄いですね、深夜さん。どうして分かったのですか」

目を爛々と光らせて古城を見つめる。

「いえ、ただの当てずっぽうですよ。しかし」

古城は指で二の腕を叩きながら、

「もしそうならば、興味深い一致だな、と思いましてね」

「一致？」

「ええ。ですが、その話は鑑賞会の時にしましょう。まだ挨拶が終わっていない方々もいることですし」

古城が片手で示すと、全員の視線がそちらに集まる。

「おっと、何だかいきなり注目されちゃいましたね。まいったな……」

男性がばつの悪そうな顔を浮かべる。すると彼の横に立っていた小柄な女性が、

「弱気になってどうすんの、兄さん。ほら自己紹介して」

「あ、ああ……。えーっと、その、間桐院陸之《かんとういんりくの》です。よろしくです、はい……」

「何よそのやる気のない挨拶は！　皆さん、どうか愚兄の粗相をお許しください。私、間桐院陸乃《りくの》が代わってお詫びいたします！」

きりっとした顔つきの少女がそう言うと、締まりのない顔をした少年がにへらと笑う。

男と女の双子を見るのは初めてだったが、確かに顔の造形はそっくりだった。が、意志の強弱とでもいうのか、気性は正反対のようで、その差が如実に表情に現れているところが面白い。

――いや、そんなことより……。

水月はぱちくりと瞬きをしていた。聞き間違いでなければ、この二人――。

「ど、同姓同名？」

同じ双子でもこれは予想外だったのか、右京が間の抜けた声で呟くと、

「いえ、正確には同音異義語ですね」

陸乃が肩を竦めた。

「子は親を選べないと言いますが……。私たちの両親も、まったくもって浅はかな人種でした。同じ『りくの』でも、『の』が私は『乃』という字で、兄は『之』という字なんです」

「そ、そいつはまた、えらくややこしいことをしたもんだな」

「今でも怒りを覚えます。特に産後から幼年期にかけての双子の取り違えが、深刻な過失として社会的にも問題視されているんです。見ての通り、私たちは男女の双子でしたから取り違えの心配はなかったでしょうが、それはそれです。名前の読みを同じにしていい理由にはならないでしょうがっ！」

陸乃はわなわなと震えながら、拳を握り締めている。

「高校でも名前をそのまま呼ばれることは滅多にありません。昔からのことですが、もうすっかり私は『クノ』、兄さんは『リク』で定着してしまっています。物心つく前は、自分で自分の名前を間違えることもあったんですよ！　酷いと思いませんか！」

「あ、ああ。それは分かる」

陸乃の剣幕に押され、右京がこくこくと頷いた。とはいえ、ただ気圧されただけではなく、近しい体験を本当にその身で味わったことがあるのだろう。どうやら双子にしか分からない世界があるらしい。

その証拠に、

「ありがとうございます、右京さん！　やっぱり皆さんなら分かってくれると思いましたっ！」

陸乃は飛び上がらんばかりの勢いで喜んでいる。水月は恐る恐る、

「あ、あの、じゃあ君たちがこの鑑賞会に参加した理由って……」

「決まってるじゃないですか。私は今回みたいな双子が集まるイベントをずっと探していたんです。周囲の誰にも理解してもらえない、この苦しみを分かち合い、励まし合うためにっ！ええそうですとも、双子以外は全員——」

次の言葉に水月は戦慄する。

「敵です」

——やばい。

目が本気だった。自分と古城が本当は双子ではないことがばれたら、いったいどんな目に遭わされるのだろう。

「う、うん、そうだよね。双子って辛いことばかりだよね。なっ、深夜」

「あ、ああそうだな、水月」

そして肩を組んで笑う。顔では笑みを湛えていたが、恥ずかしいやら虚しいやらで、心は死んでいた。古城への優越感など既に霧散している。生き残るためには共闘するほかない。

戦々恐々としながら談笑していると、

「お待たせしました」

という言葉と共に、正面玄関から二人の男が入ってきた。二人ともフォーマルなスーツに身を包んでいる。事前に古城から聞いていた話では、年齢は四十代前半だそうだが、外見は若々しく、実年齢よりも下に見える。長身や彫りの深い顔立ちなど、地元名士というだけあって気品と貫録を兼ね備えた風貌をしていたが、真に驚くべきは彼らもまた、双子の兄弟だったことだろう。

「お集まりいただき、ありがとうございます。当屋敷の主人の筒井《つつい》川亮介《がわりょうすけ》と申します」

「同じく筒井川亮平《りょうへい》です」

銘々が握手を交わすと、亮平がぶすっとした顔で言った。

「約束だ、亮介。僕はもう関与しない。後は全部、君が仕切れよ」

「分かってるよ」

「ふん」

亮平は片割れを一瞥《いちべつ》すると、招待客に一礼してさっさと出て行ってしまった。

「やれやれ」

残された亮介は頬を掻くと、

「お騒がせして申し訳ございません。弟は騒がしいのが苦手でして、いつも向こう岸にある別館に籠っているのですよ。ろくに仕事にも就かず、金だけを浪費する穀潰《ごくつぶ》しです。取り敢えず挨拶だけはしておけと言っていたのですが、本当にそれだけ済ませて帰るとは……」

「では今回の鑑賞会の企画はあなたが？」と古城。

「ええ。自慢の庭園ですし、誰かに見ていただきたいという願望が日に日に抑えられなくなってきまして」

「双子だけを招いたのも、あなたが提唱したのですか」

「その通りです。なぜなら――」

すると古城は手を翳して、亮介の言葉を遮った。

そして、にやりと嗤う。

「なぜならそう、巨石遺構は世にも珍しい『双子のオーパーツ』ですからね」

2

巨石庭園は屋敷を取り囲むようにして、周囲一帯に広がっている。

紅葉に変わり出した木々に囲まれた大地は、隅々まで手入れの行き届いた万緑の天然芝で覆われており、一見ゴルフ場のコースのようにも見える。

その上に、黒ずんだ石板のような巨石が敷地内に点々と配置され、直立不動の状態で風に吹

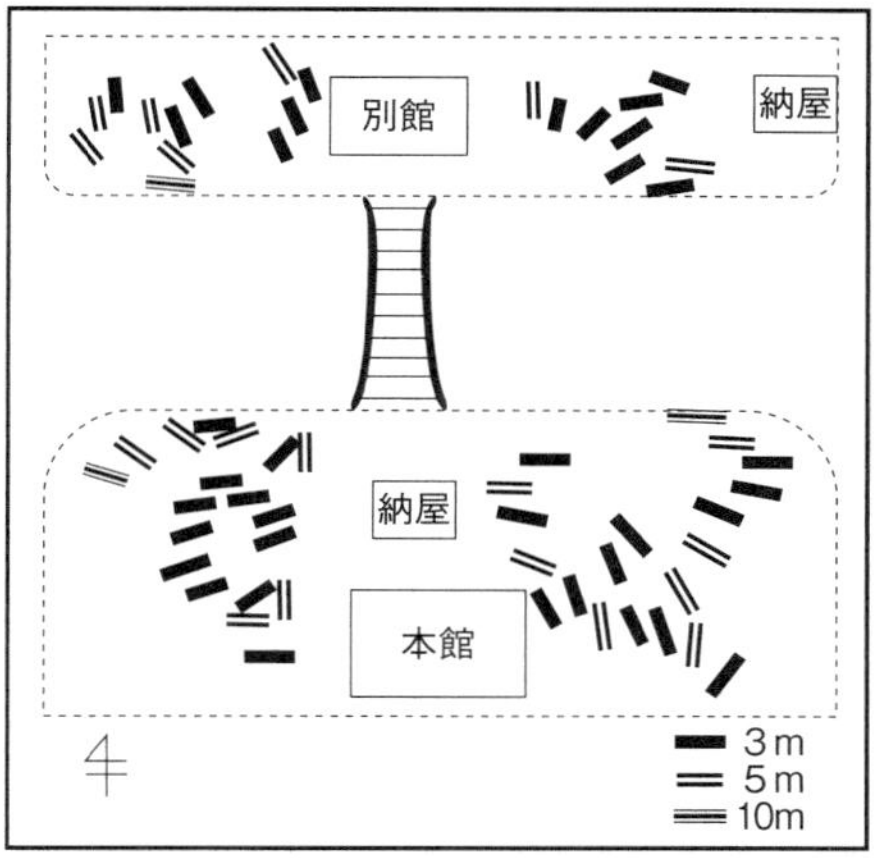

巨石庭園

かれていた。

懇親会も兼ねた昼食を本館のラウンジで取った一同は、亮介の案内の下、巨石庭園の鑑賞会に臨んでいた。

晴天にも恵まれた絶好の外出日和。雲一つない青空を見上げていると、浮世の悩みなどどうでもよくなってしまいそうなほどに穏やかで、おおらかな心地になれる。

古城の言っていた通り、大中小様々の大きさの巨石が入り混じる光景は、中々に壮観な眺めだった。巨石の高さは小さいもので約三メートル、中くらいのもので五メートル前後。最大のものになると十メートル近くに及ぶらしい。

対して幅と奥行はある程度統一されているらしく、幅は約一メートル、奥行はその半分程度、五十センチメートルほどだそうだ。

直方体の巨石が立ち並ぶ中を、水月たちは固まって歩いていく。

敷地を真上から見ると、巨石は本館の左右と別館の左右に集中して設置されているのが分かる。

石造りの本館と、木造の別館があるエリアは崖によって分断されており、二つの岸を繋いでいるのは本館の北側に位置する吊り橋だけだった。

「この石はどこから運んできたのですか」

身の丈を優に超える巨石を見上げながら左京が尋ねると、

「ここ佐賀市大和町《やまとちょう》には下田山《しもだやま》という山がありましてね。下田山付近の石をいくつか運び込んで研磨し、納屋に置いてあるフォークリフトを使って設置しているのです」

亮介が指差した方向には、山小屋のような納屋があった。

「同じような納屋が向こう岸にもあるのです。フォークリフトでは吊り橋を渡れませんから」

「石の管理は亮介さんが?」と水月。

「いえ。石を含め、庭園の管理はすべて亮平に任せています」

「その、下田山ですか。このような巨石がごろごろ転がっているんですかね」

右京が無遠慮に巨石に触れながら言うと、途端に亮介の態度が変貌し、切羽詰まったものになる。

「う、右京さん。申し訳ありませんが、石にはなるべく触れないでいただきたい」

「おっと。これは失礼」

おどけた仕草で右京が手を離すと、亮介はほっとしたように息を吐いた。

「えっと、下田山ですね。そうなんです。巨石群が発見されたのは昭和の時代にまで遡るという話でして。実に十メートルを超える巨石が十七基以上も見つかっているのです。下田山の『巨石パーク』は観光地としてだけでなく、地元のパワースポットとしても有名なのですよ」

「巨石群は人工的な築造物と考えていいのでしょうかね」

「古代人類の手によるものなのか、それとも自然が生み出した景観なのか。真相は謎に包まれています。ですが、数千年前の巨石であることに間違いありません」

「亮介さんのおっしゃる通りです！」

そこへ古城が割り込んでくる。

「八世紀の奈良時代、ここ佐賀県と長崎県の辺りは『肥前国《ひぜんのくに》』と呼ばれていましてね。肥前国について記した奈良時代の文献『肥前風土記《ふどき》』によれば、この下田山には石神が座しているとされ、巨石は肥前国で最も社格の高い『與止日女《よどひめ》神社』の御神体として、人々の信仰を集めていたという伝承もあるのです。この事実は、奈良時代以前から巨石が確かに存在していた動かぬ証拠と見なせるでしょう」

「ほう。ってことは、石が神様だったってわけかい」右京が感心したように頷いた。

「そりゃ迂闊に触れちゃいけねえわな。仏様も三度までしか許してくれねえし。な、兄貴？」

「右京……。お前はどうやら、神社と寺院の区別もつかなくなっていたようですね」

左京が悲しそうな目で弟を見ている。

「與止日女命は神道における神です。仏教ではありません」

「知らんがな。坊主が祈れば全部一緒だろ」

身も蓋もないことを言うな、と水月は呆れた。なまじ住職の格好をしているだけに、違和感も凄まじい。

「あたしも気付いたことがあります！」

アリスが息を弾ませて叫んだ。

「この巨石庭園、私たちの国にある『ストーンヘンジ』や『エイブベリー』と、とてもよく似ています」

「ストーンヘンジ？」

首を傾げた水月は、突然後ろから古城に突き飛ばされた。古城は目を輝かせてアリスの手を握っている。

「そうです！　僕はその言葉を待っていたんですよ！」

「えっ、何この人。怖い！」

アリスは悲鳴を上げて古城の手から逃れると、アリアの背中に回り込んだ。

――また始まった……。

水月はがっくりと項垂れる。いずれこうなるとは思っていたが、やはり連れが迷惑を振り撒く様をただ見せつけられるのには心苦しいものがある。

「巨石には神秘の力が宿る。それは場所が肥前国だろうと、遥か海の彼方にあるイギリスであろうと変わることのない普遍的事実なのです」

「ちょ、ちょっと水月さん。あなたの弟さん、突然暴走し始めましたよっ！　大丈夫なんですか」

焦り顔の陸乃に、水月は黙って首を振る。その動作には、大丈夫じゃないという意味のほかにも、弟なんかじゃないという秘められた意思も宿っていたが、誰にもそれを知る術《すべ》はなかっただろう。

「日本においても巨石信仰はごくありふれたものです。巨大な岩は『岩座《いわくら》』と呼ばれ、神が降臨する場として神聖視されてきました。しかしながら、その規模、範囲、完成度においてヨーロッパ大陸の巨石遺構は桁違いなのです」

「よく分かりませんが、この巨石庭園のような場所がヨーロッパにはいくつかあるということでしょうか」

さすがは精神修行を積んだ住職。古城の奇行にも左京は眉一つ動かさない。

「まさしくその通りです。フランス北西部のブルターニュ地方には『カルナック列石群』というヨーロッパ最大の巨石遺構があります。高さにして一メートルから六メートルの巨石が約三千個、三キロ近くにわたって並木通りのように続いているのです。列石群は三つのグループで構成されていましてね。千九十九本の石が十一列並び、千百六十七メートル続く『メネック群』、千二十九本の石が十列並び、千百二十メートル続く『ケルマリオ群』、そして五百九十八本の石が十三列並び、八百六十メートル続く『ケルレスカン群』に分けられます。予想されている建造時期は恐ろしく幅が広く、紀元前五〇〇〇年から二〇〇〇年の間という、今なお謎の残るオーパーツなのですよ」

「ではイギリスの巨石遺構は？」

「有名どころとしては、イギリス南部のウィルトシャー州に『エイブベリー』と呼ばれる、最大最古のストーンサークルが存在します。一つの村を囲むようにして、直径三百八十一メートルの円状に展開され、外周は深さ九メートルの堀と、同じく九メートルの高さの土手によって囲まれています。かつてはこの堀に沿って三十八個もの石が並べられていたそうです。現存する巨石で最大のものになると百トン近い重量を誇り、『悪魔の椅子』の異名でも知られているのですよ。ストーンサークルの中に、さらに二つのストーンサークルがあることもエイブベリー固有の特徴です」

古城は巨石庭園を眺めながら続ける。

「巨石遺構というと、このように巨石が立ち並ぶ構造を頭に浮かべる方が多いのですが、ロシアのケメロヴォ州で発見された『超巨石遺構』は、横長の花崗岩が積み上げられている、という極めて珍しいものでした。その規模にして、高さ四十メートル、横幅二百メートルに及ぶ、高壁状の構造物となっています。それぞれの巨石には『直角』や『平らな切断面』などの加工形成された痕跡がありますが、誰がどうやってこれほど巨大な石を運搬し、積み上げることができたのか、という謎は依然として残っているのです。超巨石遺構については、人工物ではなく特異な地層構造物だと指摘する地質学者もいましてね、今後の研究の行方が注目されているのですよ」

一方的に捲し立てる古城に誰も口を挟めなかったが、彼が一呼吸置いたのを見計らい、亮介が「深夜さん」と話しかけた。

「いや、驚きました。巨石遺構についてこれほど詳しい方には、初めてお会いしましたよ」

「当然ですよ。なぜなら僕はオーパーツ鑑定士ですからね」

「はあ、書類にもそう書かれていましたが、あながち冗談でもなかったのですね」

亮介は納得したように頷いた。水月は心の中で古城に悪態をついていた。古城が自分の履歴書の職業欄に何を書こうが知ったことではないが、恐らく今回、双子として設定されている自分もオーパーツ鑑定士にされているに違いない。

——史上初のオーパーツ鑑定士コンビ誕生、か。

虫唾《むしず》が走る。

「オーパーツっていうと深夜さん、あんたさっき『巨石遺構は双子のオーパーツ』だとか言ってなかったか」と右京。

「ええ。時は満ちました。いよいよ『ストーンヘンジ』について、その全貌を皆さんにお伝えさせていただきましょう」

古城は両手を広げ、芝居じみた動きと共に喋り始める。

「この世で最も有名な巨石遺構は間違いなく『ストーンヘンジ』でしょう。先ほどのエイブベリーと共に世界遺産にも登録されているこの遺構は、イギリス南部のソールズベリー平原に佇んでいます。高さ四メートルから五メートルほどの巨石が、直径にして約三十メートルの円を描くようにして配置され、その内側にはさらに大きな岩で、鳥居の形に組まれた三石塔《トリリトン》が馬蹄《ばてい》形に並べられています。これでもほんの一部で、建造時にはさらに多くの巨石が周囲に積まれていたと考えられています」

「建造時期は？　いつ頃に造られた遺構なんだ」と右京。

「考古学調査によると、建造が始まったのは、エイブベリーの巨石群とほぼ同時期、紀元前二七五〇年頃であると言われていますね。特筆すべきは、ストーンヘンジが三期にわたり、実に千年以上の時間をかけて造られたことでしょう。まず、紀元前二七五〇年頃の第一期には、長径百九メートル、短径九十八メートルの楕円形《だえんけい》の溝や土手、参道などが造られる。そして紀元前二〇〇〇年頃の第二期を経て、紀元前一九〇〇年頃の第三期に天井石を乗せた立石《メンヒル》が円状に置かれ、その内側に鳥居形の三石塔を組み立てて、馬蹄形に並べることで、現存しているようなストーンヘンジの構造が完成したとされています」

「んん？　なら双子ってのはストーンヘンジとエイブベリーの二つを指しているのか？」

「いえ、そうではありません」古城は首を横に振る。

「二〇一〇年七月、磁気センサーなどを利用した当時の最先端調査により、ストーンヘンジから北西に九百メートルほど離れた地中に、ストーンヘンジとほぼ同じ規模を持つ環状遺跡が発見されました。調査によると、直径約一メートルの穴が二十数個、環状に並んで存在することが判明し、建造時期もストーンヘンジと同時期だったと見なされています。ですが、この遺構は巨石ではなく、高さ三メートルほどの木の柱が立てられていた可能性があるのです。『ヘンジ』という言葉は、『石や木でできた円形の遺跡』を意味していますが、こうした遺構はストーンヘンジに対して『ウッドヘンジ』と呼ばれているのですよ」

「そうですかあ、石と木の双子ときましたか……」

間延びした声で陸之が言った。

「ああ。だから、ぼくらみたいな双子が集められたんですねぇ。なるほどなるほど。そういう狙いが裏にあったわけですか」

「お察しの通りです」亮介が頬を掻きながら、

「私から説明するつもりでしたが、手間が省けてしまいましたね」

「あの」

アリアが妹を庇いながらも、興味津々といった目で古城に問い掛ける。

「あなたが言っていた『興味深い一致』とはこのことだったんですね。イギリスにある双子の巨石遺構から、私たち双子の故郷がイギリスかもしれないと連想したのでしょう」

「ええ。何の根拠もない憶測でしたが、因果なものですね」

「私も驚きましたよ」亮介が同調する。

「まさか本場のイギリス生まれの方が参加を希望してくるとは、思いもよりませんでしたから」

「ただの庭園鑑賞だったはずが、随分と大きな話になってきましたね」左京が神妙な顔で頷いている。

「深夜さん、こうした巨石群とはいったい何のために造られたものなのでしょうか」

「建造理由については、今なおはっきりしていないのです。フランスのカルナック列石群については、下から人骨が見つかったため、墓石であるとする説がありますし、イギリスのエイブベリーについては、ストーンサークルの南北に通り《アベニュー》が延びていて、その先にヨーロッパ最大最古の人工丘『シルベリーヒル』が存在していることから、巨大な宗教施設だったのではないかと唱えられています」

「ではストーンヘンジも墓石や宗教施設だと考えられているのでしょうか」

「考古学界では、ストーンヘンジを祭祀《さいし》と天文観測を兼ねた施設だと位置づけています。天文観測装置というのは、他のヘンジにも共通する定説でしてね。ストーンヘンジの場合だと、遺構の中心点と参道の中央を結ぶラインが夏至の日の出を、それぞれの石の組み合わせが夏至・冬至・春分・秋分の日の出と日の入りの方向と、真夏・真冬の月の出入りの方向を示すことが、一九六三年のコンピュータ分析によって判明しているのです。この説が正鵠《せいこく》を射抜いているとするなら、まさに石の配置こそが鍵になっているということになるでしょう。

　そしてさらに最近の研究では、ストーンヘンジの地下にさらに古い遺構の存在が確認されたりと、着実に真相への鍵が揃いつつあるのです。巨石遺構の存在意義が明るみに出されるのも時間の問題でしょう」

古城はいったん言葉を切ると、人差し指を立てたままふらりと歩き出した。庭園に設置された一つ一つの巨石をじっくりと観察している。全員が慌てて後を追う。

「ストーンヘンジが秘める力については、昔から様々な憶測がなされていましてね。科学的な報告も、オカルトめいた逸話も豊富に存在します。一九八七年、イギリス北部のスコットランドではストーンサークルで放射線実験が行われた結果、列石の内外では月の影響によって放射線量が微妙に変化した、というデータが取れたそうです。また、二〇一三年には真夜中に光り輝くストーンヘンジの写真まで撮影されています。真偽のほどは不明ですがね」

「それが果たして科学的なものなのか、それとも非科学的なものなのか——いずれにせよストーンヘンジには何らかの『力』が発生しているということですか」

左京は目を閉じて何やら考え込んでいる。

「特異な『場』には霊的な力が宿るとする概念は、ごくありふれた思想ですからね。パワースポットやスピリチュアルスポットといった超自然的理論とも通じるところがありそうです」

「ええ。古代人もストーンヘンジにはやはり、特別な力の奔流を感じていたようですよ。ケルト民族の聖職者である『ドルイド』もストーンヘンジを祭祀場として利用していたそうですし、イギリスの高名な文学作品『アーサー王伝説』でもその存在に触れられています。何でも魔術師マーリンが巨人に命じてストーンヘンジを造らせたとか何とか」

──ケルト民族？

水月は思わず口に出していた。

「こ──深夜、お前今、ケルト民族って言ったか」

「ああ、言ったな」

「祭祀ってことはつまり、何かしらの儀式をストーンヘンジで行なっていたってことだよな」

「そうなるが、何か気になることでも？」

「いや──別に」

水月は言葉を濁した。脳裏を掠めた考えがあまりにも空虚で、馬鹿げたものだったからだ。

ケルト発祥の文化の一つにハロウィンがある。

ならばストーンヘンジで行なわれたという祭祀の一部には、ハロウィンに関する宗教儀礼もあったのではないか。そうなると必然的に、ハロウィンの起源はストーンヘンジであるということにならないだろうか。

水月は在りし夜の光景を幻視する。仮面を被った集団が、身の丈以上もある列石の周囲で舞い踊り、叫んでいる。煌々《こうこう》と焚かれた篝火に照らされ、時折、妖しげな仮面の紋様が闇夜に浮かび上がる。

巨石はただ静かにその宴を見下ろしていた。

夢想から醒めた水月は、庭園中に散らばる巨石群を一望する。何千年もの時を超えた今も、動じない石が、揺るがぬ遺志が人間を見守っているのだろうか。

――だが、この感覚は何だ……。

水月は言いようのない悪寒に襲われていた。

どうしてか、巨石を見ていると落ち着かないというか、まるで石に拒絶されているような気配を感じる。


その理由に彼が気付くのは、もう少し後のこと。

すべてが手遅れになってからのことである。

*

夢の中で、何かが嫐《たお》れる音がした。
真夜中。宿泊用に宛てがわれた本館二階の寝室で、水月は目を覚ます。
そのまま導かれるように窓の外へと目を向けてみれば――、
光。

何かが光っている。
——まさか……！
発光するストーンヘンジ。水月は跳ね起きると、窓を開けて身を乗り出す。
そして彼は目に焼き付けた。

対岸で赤々と燃え盛っている別館を。
真下で、頭から血を流して倒れている筒井川亮介を。
そして、庭園中の巨石が倒されている、異様な光景を——。

3

火災と死体の衝撃からすぐに立ち直った水月は、まず古城を叩き起こした。一瞬で事態を理解した古城と共に、屋敷にいる全員の安否を確かめ、警察と消防に連絡を入れた。
警察と消防が到着したのはそれから十五分ほど経った頃だったが、火災の発見そのものが出火からしばらく経った後だったらしく、消防車による放水も虚しく別館は全壊してしまっていた。別館は木造の建築物だったこともあり、鎮火に当たった消防官曰く、火の回りは相当速かったのではないか、とのことだった。

空が白み始めた頃、警察による事情聴取が始まるとのことで、全員が本館のラウンジに集められていた。

誰もが憔悴《しょうすい》しきった面持ちで顔を伏せる中、古城だけが腕組みをして天井を睨んでいた。時折、首を傾げては足を組み替えるという動作を延々と繰り返している。

「少しは落ち着いたらどうなんだ」

見かねた水月が口を出すと、古城は、けろりとした顔で、

「なあ、今日は何月何日だ」

またしても脈絡のない質問だな、と訝しみつつも、水月はスマホを取り出し、

「十一月一日だ」

「……そうか」

古城は手の甲で口を覆うと、

「すっかり忘れていたよ。昨夜はハロウィンだったんだな」

「それが何だよ」

「さてね」

両手を掲げた古城に濁されたところで、ラウンジの扉が開き、年齢差のある二人組の男が入ってきた。

「これはまた珍しい眺めですね。双子がこんなに。ああ、座ったままで結構です」

「あなた方は？」

左京が尋ねると、年配の方の男が警察手帳を掲げて見せた。柳沢孫一《やなぎさわまごいち》。階級は警部補とある。

「佐賀県警の柳沢です。こちらは部下の狭間《はざま》です」

「狭間と申します」

若い方の男がきびきびとした動きで手帳を構える。狭間宗十郎《そうじゅうろう》。こちらの階級は巡査となっている。

「私どもが本事件を担当させていただきます。皆さん、夜通しでお疲れだとは思いますが、どうかご協力をお願いします」

「もちろん協力は惜しみませんが」左京は眉を顰めると、

「我々にも何が起こったのかを教えてください。別館にいたはずの亮平さんはどうなったのでしょうか」

「残念ながら」

柳沢は首を横に振る。

「倒壊した家屋からは焼死体が発見されましてね。恐らく筒井川亮平さんのご遺体ではないかと」

「そうですか……」

左京は目を閉じると、冥福を祈るように合掌した。

「事件当時、屋敷にいたのはここにいる全員で間違いありませんね」

左京が目を開けるのを待ってから、柳沢が切り出した。

「ええ。私たちは筒井川ご兄弟の意向で、この屋敷にお招きいただいたのです。巨石庭園の鑑賞会という名目だったのですが、まさかこんなことになるとは……」

「巨石庭園？　ああ、表にあったでっかい石のことですか」

柳沢は額を小突きながら、

「見たところ一つ残らず倒れていましたが、あれは元々そうなっていたので？」

「いえ」左京は困ったような顔で言い淀む。

「鑑賞会は昨日の昼につつがなく行なわれました。その時には間違いなくすべての石は直立していたのです。鑑賞会の後は、この本館で夕食を振舞っていただき、午後十時には完全にお開きになって、各自が宿泊用の個室に案内されたと記憶しています」

水月は小さく頷いた。左京の説明に間違いはない。正確には夕食は午後六時から始まり、八時には終わっていた。眠気を訴えた間桐院兄妹が、先に個室のある二階へと向かい、残った面々は二次会に興じていた。

しかし夜遅くまで飲んでいたわけでもなく、悪酔いでもしたのか早い段階で一人また一人と眠気を訴え、午後九時過ぎにはすっかり寝静まっていたはずだった。水月は嗜む程度に抑えていたが、他の面々と同様に不自然な眠気に襲われていた。

夕食も二次会も、場所は今と同じくラウンジであり、窓越しに巨石庭園の様子も窺うことができていた。その時には間違いなく巨石はすべて直立していた。

宿泊用の個室はすべて二階に用意されている。屋敷の主人である亮介も例外ではなく、彼が二階の一室に入って行ったのを水月はその目で見ていた。

「では質問を変えますが、最初に亮介さんの死体を発見されたのはどなたでしょう」

柳沢の声にはっと顔を上げる。

「私です」

「ええと、あなたは？」

「鳳です。鳳水月」

「では鳳さん。あなたが死体を発見した時間帯を覚えていますか」

「確か……」水月は記憶を辿る。

「日付を跨いだ後だったと思います。正確には午前一時半頃でしょうか。事態に気付いてからすぐに警察と消防に連絡しましたが、その時に時計を確認していました。それが午前一時二十四分のことでしたので」

「なるほど」

柳沢が手帳にペンを走らせると、代わって狭間が、

「亮介氏の死体を発見された時、周囲に不審な物はありませんでしたか」

「うぅん……」

水月は顔を顰める。

「何せ死体と火事と天変地異を一遍に見せつけられたものですから。かなり混乱していました。ですが人影とか、そういったものは見なかったと思います」

口頭では控えめに言ったが、水月は確信していた。昨晩に窓から庭園を見渡した際、怪しい人影や、屋敷から立ち去ろうとしている車などは存在していなかった。衝撃ゆえに混乱していたことも嘘ではないが、自分で思っていたよりも水月は遥かに冷静だったのだ。喜ばしくないことに、誰かさんのせいでこうした異常事態に段々と耐性が付きつつあるらしい。

「柳沢警部補、僕からも一つご質問が」

その誰かさんがずけずけと口を挟んできた。

「亮平さんは焼死ということでしたが、兄の亮介さんの死因とはいったい何だったのでしょうか」

「そちらについてはすぐに調べが付きました」

「ほう」

「鑑識からの報告によれば、二階の窓から落ちたことによる転落死で間違いないとのことです。二階の空き部屋の窓が開いていましてね。そこから落ちた可能性が高いと見なされています。なお死亡推定時刻は、昨夜の午後十一時から午前一時の間という結果が出ています」

「なるほど」古城の目が細くなる。

「ということはまだ、故意に突き落とされたのか、自分で飛び降りたのか、それとも事故だったのかは分からないってことですね」

「お、おい古城――」

水月は思わず本名を口走ってしまった。手遅れを承知で、無理やり言い繕う。

「小僧！　てめえ、俺らが亮介さんを突き落としたって言いたいのか。証拠はあんのか、証拠は！」

「完全に犯人の台詞だな」

――くそぉ……。

盛大に地雷を踏んでしまった。水月は歯軋《はぎし》りしながら、嘲《あざけ》り笑いを浮かべる古城から目を逸らす。

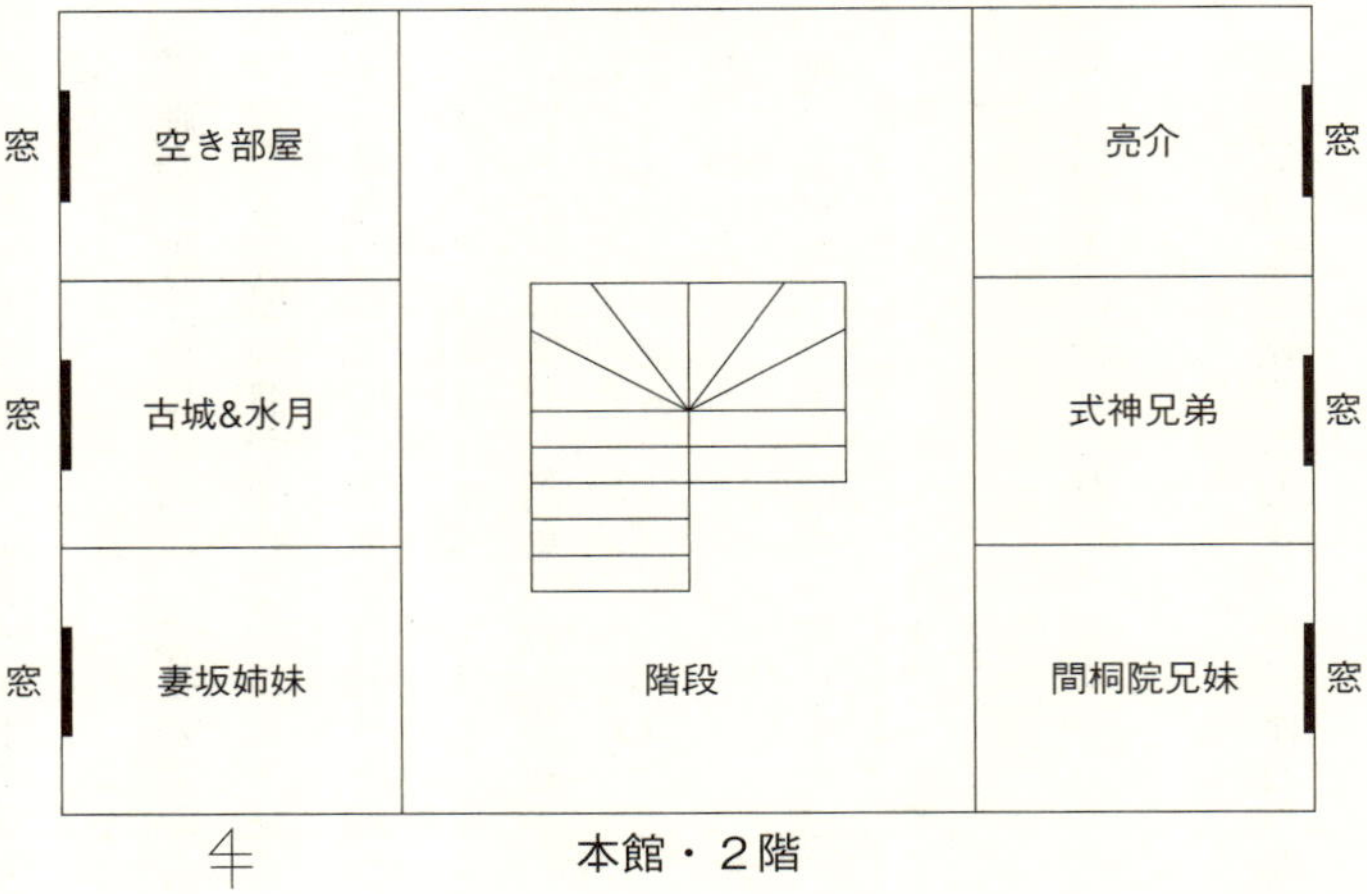

本館・２階

その古城が言った。

「ですが彼の言うことにも一理ある。この中の誰かが亮介さんを殺害し、別館に放火した可能性も見過ごせないでしょう。だからこそ、僕たちはこうして事情聴取を受けている」

「触れづらいことにばっさり触れてきますねぇ」

柳沢は狭間と顔を見合わせていたが、

「まあそういうわけです。差し支えなければ、昨晩の午後十時から、今日の午前一時半までの間、皆さんがどこで何をしていたのか、教えていただけませんか」

だが、結果は芳しいものではなかった。

その時間帯は完全に就寝時間と被っていたため、誰もが口を揃えて「個室で眠っていた」と答えたからだ。

本館の二階は個室だけで埋め尽くされており、東側に三室、西側に三室と全部で六つの部屋がある。それぞれに宛てがわれた部屋は、建物正面から見て、古城と水月が西側の真ん中、アリアとアリスが西側の手前、右京と左京が東側の真ん中、陸之と陸乃が東側の手前となり、主人である亮介は東側の奥の部屋を使っていた。なお、西側の奥の部屋は空き部屋になっている。

「なるほど、全員にアリバイなし、と」

一通り聴取を終えた柳沢は意味ありげな台詞を呟いた。

「うーん、やはりこうなりますか……」

「えっ、やはりってどういう意味ですかっ」

陸乃が口を尖らせると、

「この屋敷の本館と別館の玄関にはそれぞれ、二十四時間体制で映像を記録する防犯カメラが設置されていましてね。昨夜九時以降の映像記録を管理会社から取り寄せましたが、そこには誰も映っていなかったのです。別館側の防犯カメラは、二つの岸を繋ぐ吊り橋の端まで映していましたが、収穫なしです。昨夜は誰一人として吊り橋を渡っていなかったと断言できます」

「誰も？」

ぽかんと口を開けたアリアが反芻すると、

「これは面白くなってきましたね」

古城が上機嫌で指を鳴らした。

「犯行推定時刻、本館にいた僕たちは別館に行っていないことが証明されている。しかしその間、本館の横で別の死体が出現した。僕らは放火犯たり得ないが、殺人犯たり得るというわけですか」

「まあそういうことです。放火については第三者による犯行の可能性もありますが、亮介さんの死については、ここにいる全員に容疑が掛かっています」と柳沢。

「この事件、少なくとも偶発的な殺人ではないでしょう」水月は額を押さえる。

「別館の火事が亮平さんによる焼身自殺で、本館の転落死が何者かによる他殺だったとしても、いくら双子とはいえ死ぬタイミングまで偶然一致するとは思えない。それならむしろ、二人とも他殺だったか、あるいは」

「二人とも自殺だったと考える方が遥かに合理的だ。まあ、可能性はほかにもあるがな」

古城は両手に嵌めた手袋を引っ張って締め直すと、全員の目の前で啖呵《たんか》を切る。

「本館の転落死と別館の火災は、どこかで密接に結び付いているはずです。それさえ明らかにすれば真相は自ずと見えてくる。さて、それではさっそく――」

「鑑定を始めましょうか」

て行ってしまった。

4

てっきり推理でも披露するのかと思ったが、古城はその足でさっさと巨石庭園の方へと歩いて行ってしまった。

後れを取った水月だったが、柳沢に目で合図をすると、彼は苦笑しながら玄関口を手で指し示した。

「いいんですか？」

「まあ事情聴取はひとまず終わりましたので。現場を荒らすのでなければ多少は目を瞑りますよ。もっとも、表は既に、散乱する岩石で荒れ放題ですがね」

「ありがとうございます」

水月は頭を下げると、小走りに古城の後を追いかける。

本館の扉を開けると、高所特有の冷たく澄み切った風が吹き込んできた。水月は身震いすると、巨石庭園へと踏み出していく。古城は本館の東側に向かったようだった。

――しかし、これはいったい何なんだ……。

眼前には、昨日とはまったく異なる世界が広がっていた。

大地にひれ伏す巨石群からは、昨日までの威風堂々とした風格がすっかり失われている。巨

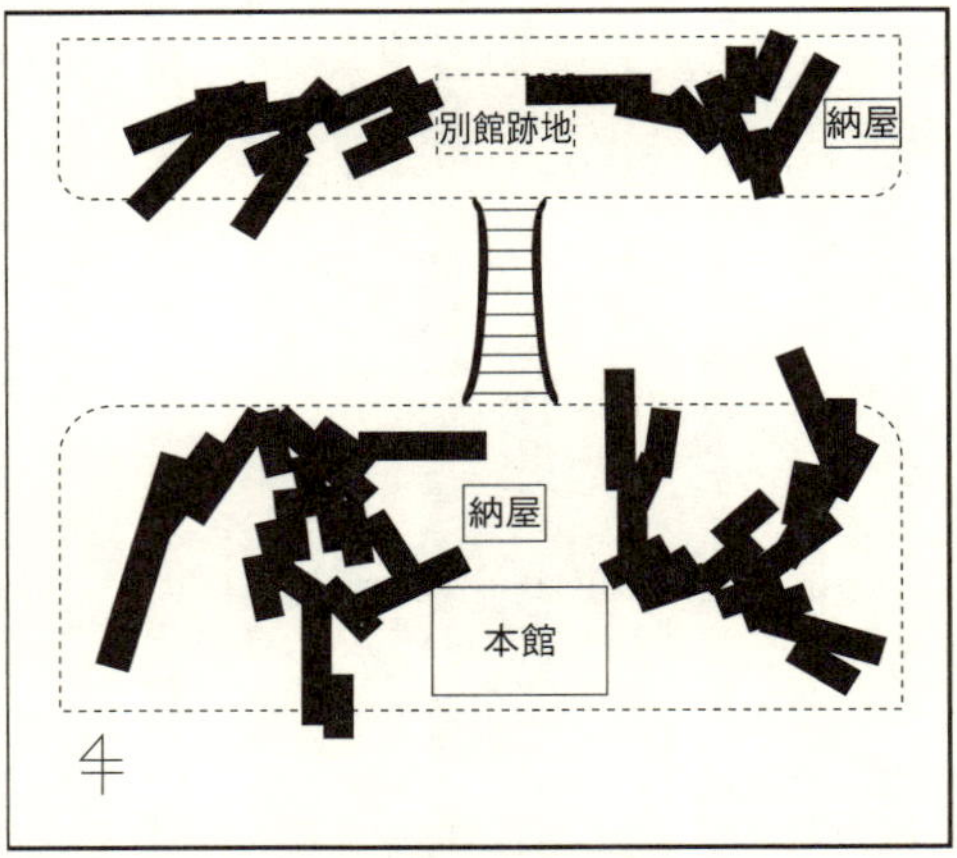

倒れた巨石

石が折り重なり、辺り一面を覆い尽くしている光景は、まるで敵国に攻め落とされた城塞の成れの果てのようだった。

一夜で完成した城が『一夜城』なら、一夜で陥落した城もまた『一夜城』か。

古城は山間から覗く朝日に真正面から向き合いながら、憮然とした表情で巨石の亡骸を眺めていた。

かと思うと突然振り返り、本館をじっと見上げている。

「何を見ているんだ」

追いついた水月が尋ねると、

「本館二階の窓が開いている。あそこは亮介さんが寝ていたはずの部屋だな」

「ん？　ああ」

水月も振り返って本館を仰ぎ見る。

「確か、昨夜の火災が発生した頃からずっとあの状態だったはずだ」

「ふん」

古城は途端に興味を失ったように本館に背を向けると、

「それよりも見ろよ鳳。全滅だ。ものの見事に、一つの例外もなく、巨石が倒されている」

「みたいだな」

水月は巨石の一つに足を掛けると、

「昨晩、ここらで地震でも起きたのか？」

「地震雷火事何とか、か」古城は鼻を鳴らすと、

「火事はあったが地震はなかったな。既にニュース速報で確認した。昨晩から今に至るまでの間、地震は観測されていない。天候も雲一つない晴天だった。雨や風のせいとも思えない」

「となると天災ではなく人災か」

水月は腕を組むと、

「これだけの数の巨石を倒して回った異常者がいたってことだな。俺には心当たりが一人しかいないんだが」

「奇遇だな。僕もだよ」

皮肉が伝わっているのかいないのか、古城はにやりと嗤うと、

「これは恐らく、一人の人間による、周到な計算に裏打ちされた現象だ」

「何だ。やっぱりお前がやったのか」

「君はどうしても僕を犯罪者にしたいらしいな」

古城に睨まれるが、水月は心外だとばかりに肩を竦めた。

「言いがかりだ。石を倒すだけなら犯罪じゃないだろ」

「ところがそうでもない」

古城は倒れた巨石の腹に飛び乗ると、片手で目の上に庇《ひさし》を作り、庭園中を眺め回し始めた。

少しして、全体像でも摑んだのか、古城は満足げに頷くと水月の前に飛び降りてきた。

「やはりな。この舞台を演出した人間は間違いなく、筒井川兄弟殺害にも一枚嚙んでいる」

「巨石を倒した奴が犯人なのか？」

驚いて訊くと、

「――なるほど。くはっ、こいつは愉快だ」

古城は水月の問いには答えず、凶悪な貌《かお》で一人嗤っている。

「お、おい。何が可笑しいんだよ」

水月はこの場に他の面々がいなくてよかったと心から安堵する。不謹慎の権化とも言える古城の高笑いを聞かせたら最後、炎上待ったなしだろう。

「さて鳳、そろそろ出発するとしようか」

「は？　どこに」

古城はぐるりと首を巡らし、肩越しに振り返りながら、

「待望の巨石庭園ツアー第二弾さ」

と、意味ありげに口端を歪ませた。

「まあ、ついてこい」

古城は巨石に沿うようにして歩き出した。水月はわけの分からぬまま、彼が辿る軌跡をなぞっていく。

古城の意図は相変わらず意味不明だったが、歩いている最中、水月には一つだけ気付いたことがあった。

——どうやらこの巨石、一つ残らず重なった状態で倒れているみたいだ。

不可解なことに、巨石はほかの巨石と折り重なるようにして倒れていた。列石の並びこそ庭園中を張り巡らせるかのように、縦横無尽に展開されているが、折り重なっているという一点については、すべての巨石に共通している。

——妙だな。この光景、俺は以前にもどこかで見たことがあるような気がする。

水月は既視感の正体を探ってみたが、どうにも曖昧で思い出せない。喉元まで出掛かってい

るのだが出てこない。もしかすると最近のことではなく、もっと昔の記憶が絡んでいるのかもしれなかった。

やがて古城は、別館が存在する対岸を前にしてその歩みを止めた。水月が背中越しに覗き込むと、その先は切り立った崖になっており、底が見えないほどに深い谷が真下で口を開けていた。本館があるこちらの岸と、向こう岸との間隔は目測で十メートルほどだ。

「行き止まり、か……」

水月が呟くと、

「鳳、出番だぞ」

古城は対岸を指差しながら、

「今こそ鳥らしい活躍を見せる時だ。飛べ」

「は？」

「立ち幅跳びでも、走り幅跳びでも、何なら棒高跳びでもいいぞ。因みに、走り幅跳びの世界記録は九メートルに満たないぐらいだそうだ」

「お前が飛べ。ここがライヘンバッハの滝だ」

水月は古城の背後に立つと、逃げられないように襟首を摑んで、崖縁へとゆっくり押し出していく。

「やめろ。おい、本当にやめろ！」

ようやく水月が手を離すと、古城は荒い息を吐きながら、

「本当に冗談の通じない奴だな、君は」

「これに懲りたら、飛ばすのは冗談だけにしておけ」

水月は古城の文句を受け流すと、

「で、巨石庭園ツアーは打ち止めか？」

「いいや。折り返しだ」

古城は襟の皺を正すと、

「仕方ない。正攻法で渡るとしよう」

対岸に繋がる吊り橋がある方へと歩き出した。

「初めからそうしろよ」

水月はぼやきながらその後を追う。

風に揺られる吊り橋を渡ると、目の前には「立入禁止」のテープで囲まれた、別館の焼け跡が広がっていた。対岸の巨石も一つ残らず倒されており、その中の一つは焼け跡、本来別館があったはずの場所に少しだけ覆い被さるようにして倒れている。木造の屋敷は全焼したものの、どうやら石だけは焼け残ったらしい。

「警官の姿が見えないな。これはついているぞ」

古城は意気揚々とテープの下を潜り、

「君はそこで見張っていろ」

「仕方ないな……」

「よし」

古城は腰を屈め、焼け跡の上をうろつき始めた。

やがて焼け跡に覆い被さっている巨石に目を付けると、その下を覗き込み、両手で土を掘り返し出した。もはや言い訳のしようがないくらいに現場を荒らしている。

そして、

「見つけたぞ」

古城は手袋に付着した土を払い落すと、手にしていた木片を水月に掲げて見せた。

「それは何だ」

「恐らく別館の残骸だな」

「巨石の下に埋まっていたのか？」

「ああ」

古城は駆け足で戻ってくると、

「これでまた一つＰＡＲＴＳが揃った。あともう一息だ」

別館の西側に回り込み、再び折り重なる巨石の横を沿うようにして歩き出す。

「どこまで行くんだ」

「元の場所まで」

しかし、古城が辿り着いたのは、またしても崖縁だった。ちらりと水月に視線を向けてくる。

次に飛べと言ったら、今度こそ本当に突き落としてやろうと、そう思った。

「ふん」

古城はつまらなそうに鼻を鳴らすと、身を翻して吊り橋の方へと戻っていく。

――さっきから行ったり来たり、いったいどういうつもりだ。

今度の古城の目的地は、本館の西側、亮介が転落死していた場所のようだった。

が、彼は死体があった場所には目もくれず、その脇に倒れている巨石に注目していた。何やら本館の二階と巨石とを交互に観察しては、頻りに頷いている。

「――理論上は可能だな」

古城は両手の指を鳴らすと、

「しかし何ともお粗末な話だな、これは。実に興醒めだ」

「お、おい」

毎度のことながら話が見えない。水月は焦りを覚えた。

「何か分かったんだな？」

「まあな」

古城は息を吸うと、

「すべての――」

「待った」

何かが繋がる予感がした。水月は片手で古城を制すと、もう片方の手を口に当てる。

今一度、庭園に散乱する巨石の死体を凝視する。繋がっていく。一つ一つの巨石が繋がっていく。

――そういうことか……！

水月はずっと引っ掛かっていた既視感の正体にようやく思い至った。

脳内に浮かんだのは幻のストーンサークル。見えない一本の線。そして誰もが知っている、かの遊戯。

「君はさっきドイルを引用していたが、それは違うな。間違っているぞ、鳳」

古城は禍々しい笑みを浮かべている。

「これはチェスタトンだ」

「小石を隠すなら砂浜に、木の葉を隠すなら森の中、か」

「ならば巨石は？」

「そうだな。さしずめ」水月は唇を歪めると、

「巨石を隠すなら岩陰に。そんなところだろう」

「どうやら揃ったようだな」

「ああ」

そして双子ならざる幻影《ドッペルゲンガー》の声が重なり、一つになった。

『すべてのＰＡＲＴＳは揃った』

5

古城と水月が本館のラウンジに戻ると、間のいいことに、柳沢と狭間を含めた全員がまだその場に残っていた。

「おや、もうお帰りですか」

柳沢が驚いたようにこちらに目を向けると、

「いえいえ。お待たせしてしまいました」

台詞とは裏腹に古城は悪びれる素振りすら見せず、がばっとラウンジのソファーに身を投げ

た。そのまま足を組むと、片手に頭を凭れさせる。

「さて皆さん。いい報《しら》せと悪い報せがありますが、どちらから聞きたいですか」

「何だどうした。頭でも打ったのか？」

右京が本気で心配している。

「僕は至って正常ですよ。左京さん」

「俺は右京だ」

「ああそうですか」

古城は興味なさげに頷いた。水月は居心地の悪さに苛まれる。左京を含め、明らかに式神兄弟はむっとしていた。

「では、いい報せからお願いします」

アリアが手を合わせた。

「いいでしょう。いい報せというのは、この中に犯人はいない、ということです」

「ああ、よかった！」

それを聞いたアリアは、妹のアリスとお互いの手を取り合って喜んでいたが、

「そして悪い報せというのは、この中に犯人はいない、ということです」

という予想外の宣告に、凍り付いたように固まってしまった。

　これで妻坂姉妹も敵に回したようだ。

「犯人不在という、いささか盛り上がりに欠ける展開ですが、先に真犯人の名前でも挙げさせていただきましょうか。筒井川亮介さんを殺害し、筒井川亮平さんの死体ごと別館を燃やし、そして庭園の巨石を倒したのもすべて、『筒井川亮介』さんの手によるものです」

　その場が静まり返る。

「順を追ってご説明しましょう。亮介さんは昨夜、本館にいた自分以外の全員が寝静まった頃合いを見計らい、まず二階にある空き部屋の窓を開けました」

「空き部屋ですか？」

　柳沢が首を捻る。

「確かに窓は開いていましたが。すると何です、亮介氏を殺害したのが彼自身ということはつまり、亮介氏は自分で飛び降りたということですか」

「短絡的ですねえ、柳沢警部補」

　古城がせせら笑う。柳沢の表情は穏やかだったが、誤魔化しきれないほどの殺気を放っていた。隣に立つ狭間も、親の敵《かたき》を見るような目で古城を睨んでいる。これで刑事組も敵になった。

「その話は一周して戻ってきますので、また後ほど。さて――」

　古城は両手を顔の横に掲げると、

「次に亮介さんが行ったことは、東側の自室に戻り、窓を開けることでした」

「また窓かよ」と右京。

「ええ。そしてここからが本番です」

古城は指の関節を鳴らすと、

「そのまま亮介さんは飛び降りたのですよ。窓の下に配置されていた巨石の上にね」

「はっ？」右京が間の抜けた声を漏らす。

「ですから、彼は巨石の上に飛び降りたのです。二階の窓からひょいっとね」

「な、何がしたくてそんなことを……」

「それは、この巨石庭園に蜘蛛《くも》の巣のように張り巡らせていた仕掛けを発動させるためです」

古城は両手の平をまっすぐに立てると、

「亮介さんは踏み台にしている巨石の縁にぶら下がり、そのまま手を離して地面に飛び降りた。続けざまに、両手に力を込めて巨石を前に押し倒す。すると重心がずれた巨石は前のめりに倒れ、さらにその先には、次の巨石があった」

古城は右手を傾けると、指先を左手の平に触れさせた。

「――おい、嘘だろ……」

「巨石はその先にある巨石に凭れかかり、二番目の巨石が前のめりに倒れていく。そしてその先には三番目の巨石があった。その先についても同じです。もうお分かりでしょう」

古城はせっかくの端正な顔を、これ以上ないほどの下衆顔に染め上げると、

「これは、巨石を牌《はい》に見立てたドミノ倒しだったのです。一つの巨石が倒れると、連動して次々に巨石が倒れていく仕掛けだったわけですよ」

「いかれてやがる」

「同感ですね。ですが、亮介さんはこのいかれた仕掛けを見事実現させたのです。その証拠がまさに、庭園中を埋め尽くしている巨石なのです。思い出してみてください、右京さん。あなたが不用意に巨石に触れた時、亮介さんは明らかに動揺していたでしょう？　うっかり巨石の一つを倒してしまえば、もう連鎖は止められません。文字通り、こつこつと積み上げてきた努力が水の泡になってしまいますからね」

「待ってください」

弟の隣で左京が声を荒らげる。さすがの彼も心中穏やかではないようだった。両目を固く瞑りながら、

「確かに巨石は折り重なるようにして倒れていたと思います。ですが、何のためにそんなことをしたのでしょう。二階から下に降りるだけならば、ここまで手の込んだことをする必要はないはずです」

「いい反論ですが、甘いですね」古城の上からの物言いは止まらない。

「亮介さんの目的は、何も本館の防犯カメラを避けて外に出ることだけではなかった。彼はそのまま別館の二階まで向かうつもりだったのです」

「おっしゃる意味が……」

「これこそが巨石をドミノとして使った、最たる理由なのです。外を見れば分かる通り、ドミノは本館があるこちらの岸だけでなく、対岸の巨石にまでその効力を及ぼしています」

「ええ。すべての巨石が倒れていましたからね。ですが」

左京は刮目《かつもく》すると、

「お忘れですか、深夜さん。巨石のドミノは崖縁でその連鎖を止めていたはずです。これにはどう説明を付けますか？」

「愚問ですね」

古城はあっさりと答えた。

「連鎖は止まっていなかった。それだけのことですよ」

「しかし、現に連鎖は途切れています」

「今は、ね」

古城は意味ありげに目配せしてきた。水月は仕方なく後を受ける。

「巨石の連鎖は崖縁で止まったわけではないんです。崖縁には庭園にある巨石の中でも、最大級の一つが立てられていました。この巨石が倒されることで、岸の間を繋ぐ疑似的な石橋が形成されたのですよ」

「で、ですがそんなものはどこにも……」

「亮介さんが石橋を渡り終えた後に、自ら崖下に落として証拠隠滅を図ったのです。恐らく納屋にあるというフォークリフトを使ったのでしょう。少し手前に引かれただけで巨石はバランスを崩し、自重で落下していったのだと思われます」

「では本当に連鎖は止まっていなかったのですね」

「むしろ続いていたんですよ。橋代わりの巨石が倒れた先にも、また巨石があり、再び連鎖が始まった。終《しま》いには別館の横にある巨石が倒され、別館二階の窓の下に先端が届く。亮介さんは、今度は巨石を階段代わりにして、防犯カメラに映ることなく別館への侵入を果たしたのです」

「その通り」

古城が満足げに頷くと、

「亮介さんは窓を割って侵入し、亮平さんを殺害した後、放火したのです」

「放火の理由は？」と柳沢。

「犯行当時の亮介さんの目論見では、複数存在していたはずです」

古城は指折り数える。

「一つ、焼身自殺に見せかけるため。二つ、建物を破壊するため。巨石だけに、一石二鳥といったところでしょうか」

「焼身自殺に見せかけるというのは分かりますが、建物を破壊するためとはどういうことですか」

首を傾げた狭間に古城が答える。

「亮介さんは別館に侵入する際に、窓を割ったのだと考えられます。まずその痕跡を消す必要があった。そして何より、犯行時、別館は巨石の支えとなってしまっていた。石橋と同じ理由です。そのままでは仕掛けが筒抜けになってしまう。だからこそ、支えである建物そのものを倒壊させることで、巨石を地に倒し、巨石を階段代わりにした事実を隠そうとしたのでしょう」

それを裏付ける根拠は、古城が巨石の下から掘り出した別館の残骸だ。別館が倒壊する直前、巨石の下に別館の一部が潜り込んでいたことを示す、貴重な証拠だったのだ。

「では私からも一つ」柳沢が言った。

「あれだけの数の巨石が矢継ぎ早に倒れれば、相当な音と揺れが生じたかと思います。ですがあなた方は誰一人として、その異変に気付かなかったというのですか」

「仕方ないでしょう」古城は肩を竦めると、

「どうも僕たちは全員、睡眠薬を飲まされていたようですので」

「本当ですか」

柳沢が左京に向かって尋ねると、

「私もそんな気がしていました」と、彼は頷いた。

「右京。この手合いなら、君の方が詳しいのでは？」

「睡眠薬ねえ」右京は額に手で触れると、

「派手じゃないから俺は嫌いなんだが、確かにミステリでは常套手段だな。事実、亮介さんには薬を盛る機会はあっただろう。まず酒が飲めない間桐院の兄ちゃん姉ちゃんには、夕食に薬を盛って、俺らには酒に含ませたんだろう。効力の強い、遅効性の睡眠薬だったんじゃないか」

不可解な眠気については、水月にも思い当たる節があった。そして見逃してはならないのが、水月だけが夜中に目覚めたことだろう。例のごとく、すぐに酔い潰れたがゆえに、熟睡することなく事態に気付けたのだとすれば説明が付く。

「ではやはり亮介さんによる犯行だったのですね。しかしながら、結局その彼も死んでいる。もう一人、別の犯人がいたということでしょうかね」

柳沢が勢い込んだところで、古城がのんびりと答えた。

「それついては亮介さんの転落死と併せてご説明しますよ。まったく柳沢警部補はせっかちですねえ。言ったでしょう。『一周してから戻ってくる』と。まだ半周ですよ」

「結構です」

柳沢は肩を怒らせ、乱暴に椅子に腰かけた。

「さて、ようやく折り返しです」

古城が立ち上がる。

「放火を終えた亮介さんには逃げ道が必要でした。ですが、玄関には防犯カメラがあるので迂闊には出られない。ではどうしたか。同じですよ。本館を抜け出した時と同じ要領で、西側の二階の窓から真下の巨石に飛び降り、ドミノの連鎖を再開させたのです」

その後の動きについても、前半とまったく同様だ。崖縁まで巨石の連鎖が続き、やがて二つ目の石橋が形成される。こちらの石橋についても、渡り終えた後にフォークリフトを使って崖下に落としたのだと考えられる。

かくして、亮介が辿った、幻のストーンサークルが浮かび上がるのだ。

古城が続ける。

「巨石のドミノは、最終的に本館西の巨石が倒れることで完成へと至ります。別館の時と同様に、亮介さんは二階の空き部屋へと続く巨石階段を現出した。後は予め内側から開けていた窓から本館に入り、自室に戻って窓を閉めれば、計画は完遂されるはずだった。しかし――」

「亮介さんは最後の最後で道を誤った」水月は頭を振ると、

「二階へと続く巨石は、窓のすぐ横に、先端がぎりぎり触れるようにして凭れ掛かっていたはずです。接触範囲が広いと、音と震動で誰かが起きてしまうかもしれない」

話しながら水月は、はっと思い起こす。自分が夢の中で聞いた音とは、まさにこの音だったのではないか。

「恐らく窓越しに手で押し倒せるようにするため、意図して配置を調整したのでしょう。しかし、手で押し倒すにしては、巨石は想像以上に重量があった。いつ誰に見られるかもしれないという焦りもあったはずです。亮介さんは力を込めて巨石を押し、結果的に倒すことに成功しました。ですが、その弾みでバランスを崩し、真っ逆さまに転落してしまったのです」

「つ、つまり事故だったと……?」

柳沢が呻くと、古城が天井を仰ぎながら、

「首尾よく片割れを殺害したにもかかわらず、うっかり自分も死んでしまうとは。くくっ、『対岸の火事』とはよく言ったものです。他人事ならまだしも、こんな間抜けな死に方、僕だったら死んでも死にきれない」

「深夜さん。いくら犯罪者とはいえ、死者を悪く言うのはどうかと思いますよ」

傍若無人な古城の言動に、柳沢がうんざりした顔で、

「なるほど。確かにあなたの言った通り、一周してきたようですね。亮介さんは幻のストーンサークルの上を伝って、別館にいた弟を殺し、本館に戻ってきたというわけですか」

「巨石ドミノは本命のルートに加え、多くのダミールートを同時に作り出せる点で実に優れていました。その狙いは本命のストーンサークルを埋没させるため——いうなれば巨石を隠すなら岩陰に、という仕掛けだったのです」

巨石を倒す。言葉通りの意味だ。

『砂』という文字の中には『石』が隠され、『森』という文字の中には『木』が隠されている。

そして『巨』という文字を横に倒し、『石』の上に重ねるとどうなるか。

『岩』。

岩という文字がおぼろげに浮かび上がる。犯人が辿った幻のストーンサークルの如く。

「そう」

古城の目が凶悪な形に変貌する。

「岩には巨石が隠されていたのですよ」

*

鑑定士が締め括ると、ラウンジには一転して沈黙が降りる。やがて、

「動機は何だったのでしょう？」

目を濡らしたアリアが囁いた。

「どうして亮介さんは実の弟をその手で殺めなければならなかったのです」

「できれば本人の口から語ってほしかったのですがね。揃って仲良く死んでしまったので、それも叶わなくなりました。これまで耳にしていた亮介さんの台詞から察するに、兄弟の不仲が引き金になったのではないでしょうか。働きもせず浪費を繰り返す亮平さんを、亮介さんは疎ましく感じていたのでしょう」

「いや、それは変だ」右京が口を挟む。

「だったら二人きりの時に計画を実行するはずだろ。わざわざ俺らを招いたところで、犯行が発覚するリスクが増えるだけだ。睡眠薬がいい証拠だ。大方、自分も寝入っていたふりをして、後で『亮平が仕込んでいたんだ』とでも主張するつもりだったんだろうが」

「これはこれは、やはり文士は侮れませんね」

古城はやたらと上機嫌だった。

「亮介さんはたとえリスクを背負おうとも、この巨石ドミノを見届けてくれる観客が欲しかっ

たのでしょう。自慢の庭園というのは本人談です。谷底に落ちた二つの巨石は、恐らく崩壊してもう使えないでしょうし、まさに一世一代の賭《か》けだったわけです。邪魔者を排除しつつ、この巨石庭園をより謎めいた巨石遺構として伝説にする。くくっ、ここでも一石二鳥という狙いが潜んでいたわけですか。ああ、これはいい」

古城は心底楽しそうに嗤っている。

「一つで二つ、二つで一つ。まるで双子じゃありませんか！　よかったですねえ、亮介さん。ここにストーンヘンジをも超える、双子の巨石遺構が誕生しましたよ！　ただし、双子が安らかに眠る墓石という意味ですがね」

「な、なんて酷い言い方……」

泣き崩れるアリアの肩をアリスが支える。古城は溜息を吐くと、

「兄弟間の争いの種などいくらでもあるでしょうに。聖書に書かれた世界最初の殺人を知らないのですか。兄が弟を殺したのが殺人の始まりですよ」

「もう聞きたくありません！」

アリスが絶叫する。

——な、何だか雲行きが怪しくなってきたぞ。

まるで自分まで非難されているような気分になる。水月は無意識に古城の方へとすり寄って

いた。案の定、古城は周囲に漂う剣呑な空気になど、まったく気付いていない。

「亮介さんが弟を殺害した動機は闇の中ですが、逆ならお伝えできるかもしれません」

「どういう意味だ？」右京が古城を睨む。

「奇しくも昨夜はハロウィンでした。ハロウィンの夜には、屍者が残された家族の元を訪れるという伝承があります。つまり」

「つまり？」

「窓際で亮介さんはまさしく引っ張られたのではないでしょうか。復讐に燃える悪霊としてやってきた亮平さんにね」

古城はそう言うと、とうとう我慢ができなくなったように、

「くふっ、はははは！　くはははははっ！」

盛大に嗤い始めた。

「ははは！　可笑しいだろう、鳳。遠慮するな。君も笑っていいんだぞ」

「お、おい古城！　もう止《よ》せ」

古城を諌めようと一歩前に出たその瞬間、

「どういうことですか」

陸乃の声が反響する。水月は瞬時に失態を犯したことを悟った。どっと冷や汗が噴き出す。

「ねえ深夜さん、どうしてお兄さんを名字で呼ぶんですか？　ねえ水月さん、どうして弟さんを古城って呼んだんですか」

「いや、それは……」

水月は蒼褪めた顔で後ずさる。いつの間にか自分と古城を取り囲むような円ができていた。包囲されている。ヘンジの中心に追い詰められている。

「どうやら化けの皮が剝がれたようですね」

左京がじっと二人を見つめながら、

「あなた方は、やはり双子ではなかったのですね」

「やはり？」

まさか、とっくにばれていたのか。水月が茫然と呟くと、妻坂姉妹も口々に、

「私も何となく気付いていていました。ねえアリス」

「ええ、お姉さま。この人たち、とんでもない詐欺師だわ」

「ちょ、ちょっと待ってください！」

水月は必死に弁明する。

「別に皆さんを騙そうとしたわけじゃないんです。ただ、何というか成り行きで……。いや、それよりどうして分かったんです！」

「そりゃあなあ……」

　右京が苦笑しながら、

「お前さん方、自分では気付いてなかっただろうが、お互いの名前を呼び合う時に顔が凄い引き攣るんだよ。こう、ぐぐっとな」

　両手で顔を歪ませる右京を前に、水月は反省する。慣れないことはするものではない。

「それは別として、まあ、何というかこれは勘みたいなもんだな。双子の勘だ」

　右京がそう言うと、妻坂姉妹も、間桐院兄妹も激しく頷いている。

「まあ、往生しろや。念仏くらいは唱えてやる、もちろん兄貴がな」

「詐欺師です！　柳沢さん、狭間さん！　この二人に手錠を掛けてください！」

「双子以外は……敵です」

　怒り心頭の双子の群れが迫ってくる。恐ろしい光景だった。身の毛がよだつほどに怪異めいた風景だった。トリック・オア・トリート。お菓子をあげたところで怒りを収めてくれるはずもない。

「ど、どどど、どうする……？　おい古城」

「やむなし、か」

　言うが早いか、古城は力ずくで囲いを突破すると、脱兎《だっと》のごとく駆け出した。

誰の目から見ても明らかな、清々しいまでの逃走だった。

取り残された人間の中でも、一番に我を取り戻せたのは僥倖《ぎようこう》だったとしか言いようがない。

古城が開けた穴から抜け出すと、水月は脇目も振らずに走り出した。背後から、

「逃げましたよっ！　捕まえてくださいっ！」

陸乃の声が追いかけてくる。後ろを振り返ったら最後だ。

——何なんだ、これ……。

玄関を出たところで古城に追いついた。

二人は言葉を交わすことなく、そのまま並んで一目散に逃げていく。

庭園中に倒れている巨石を避《よ》けながら、水月はようやく理解した。この結末は必然だったのかもしれないと。

ハロウィンの起源、魔除けの儀式が催されていたかもしれないストーンヘンジ。二匹の悪霊《ドッペルゲンガー》は巨石に追放される運命にあったのだ。

全力疾走しながら水月は嘆く。

ハロウィンなんざ、糞喰らえである。

鑑定FILE　NO・4

『巨石庭園』

鑑定炎上

エピローグ

年明けと共に、猛烈な大寒波が日本列島を襲った。

全国で記録的な大雪が観測されていた。都内の交通機関も完全に麻痺《まひ》している。

歩けども、吹き荒《すさ》ぶ雪の結晶が視界を覆い隠し、踏み歩いた跡はたちまち新雪が消していく。

振り返ることに意味はない。まっすぐ前だけを見つめ、重くなりがちな足を一心に動かす。雪山ならまだしも、東京の街中で遭難し、凍死することだけは避けたい。

鳳水月は白い息を吐き出しながら、少しだけ顔を上に向けた。

銀世界の最果てに聳《そび》える塔。目的地が見えてきた。


その日、水月は古城深夜の招きにより、初めて彼の部屋を訪れていた。

元麻布の外れに佇む高層マンション、その最上階にある一室。カーテンを手で払い、窓越しに外界を見下ろすと、灰色に塗りたくられた、無味乾燥な光景が広がっていた。空に近い分、天を覆う暗雲がより身近に感じられる。鉛色の雲がそのまま町全体に重く圧《の》し掛かっているように見えた。

古城の部屋はてっきりオーパーツやら遺物やらで埋め尽くされているものと思っていたが、

意外にも家主が夜逃げした後のように閑散としていた。

話を聞くと、世界中にいくつかある拠点の一つに過ぎないらしい。

リビングの中央には古めかしい黒の革張りのソファーが、その正面には肘《ひじ》掛け椅子がぽつんと置かれており、古城はソファーに、水月は椅子に座って向かい合っていた。

二人の間には小さなガラステーブルが置かれてあり、その上にある二つの珈琲カップからは仄かな湯気が立ち昇っていた。

「まさか君が下宿している大学の寮が、僕の拠点の近所にあったとはね」

古城が珈琲を啜る。

「世界も狭くなったものだ。まあ、この年でドッペルゲンガーに遭遇するくらいだからな。それくらい起こっても不思議ではないか」

「ドッペルゲンガーなんざ、むしろ生涯お目に掛からない方が普通だろう」

水月は椅子に深く座ると、

「偶然か必然か。同じ顔で生まれてきた二人が出会う確率なんてほぼ皆無だろうからな。片方が芸能人とかスポーツ選手とかで、ある程度顔が知られているなら、似ている人間を探せばいいだけだが、俺らは違う」

「世の中には偶然と必然、どちらの方が多いのか。その答えを知っている者こそ皆無だろう」

古城は両手の指を絡めると、

「君を呼んだのも、実はそんな理由でね」

「確率論について議論でもしようってのか」

「いや」

古城はゆっくりと首を横に振った。

「ストーンヘンジの事件を覚えているか」

「まあな……」

例の如く鑑定の行方は曖昧なまま立ち消え、結果、ろくでもない目に遭ったことだけはよく覚えている。

「それがどうした」

「過去の鑑定記録を洗っている内に、ふと気付いたことがあってね。君にも関係のある話だから、こうして話を聞きに来てもらっている」

「ストーンヘンジの事件について何か新しい発見でもあったのか?」

「ああ」

古城は服の中から何枚かの写真を取り出し、テーブルの上に並べた。

「これは……」

水月は息を呑む。写真はそれぞれ、水晶髑髏、黄金シャトル、恐竜土偶、そしてストーンヘンジのモノクロ写真だった。

これまで古城と解決に導いたオーパーツが一堂に会している。

「どういうつもりだ」

「そんなに警戒しなくてもいい。軽く聞き流すくらいの気持ちでいてくれ」

古城はまず水晶髑髏の写真を手に取って掲げた。

「水晶髑髏の研究家である男が別荘にて謎の死を遂げた。現場の状況は――」

水月の口が自然と動く。

「男は十三個の水晶髑髏に囲まれるようにして死んでいた。部屋のドアには内側から鍵が掛けられていて、被害者は自殺した線が濃厚だった。だが」

「犯人はドアに取り付けられたフリードア越しに、鍵束を噛ませた水晶髑髏を撞き出すことで、密室を完成させていた。計画を破綻させる契機となったのは」と古城。

「現場に残されていた唯一の痕跡、滑り止め防止のチョークの粉だった」

古城の台詞を水月が締め括《くく》る。

こうして一つ目の密室が破られた。

古城は満足げに嗤うと、

「さて次だ。消失した黄金シャトルと、密室で死んだ夫婦の事件だな」

「閉め切られた部屋から夫婦が死体となって発見され、黄金シャトルが消えていた。容疑者は屋敷に集められていた三人。この中に犯人がいるはずだった」

「事件には思わぬ方向から光明が差す。屋敷の周辺で写真を撮っていた男が捕まり、彼が撮影した写真には、謎の浮遊物体と、開閉される現場の窓の様子が写っていた」

「犯人、被害者、強盗、そのすべては同一人物、夫の手によるものだった。事の発端は不幸な勘違い。黄金シャトルに触れようとしている人間を妻と気付かず殺害してしまい、それを悔やんだ夫は、妻が自分を陥れようとした事実を隠すべく、証拠品を布で包んで投擲《とうてき》。川底に沈めた」

「その事実を知った女は、黄金シャトルを手中に収めるべく、現場に作為を加えた上、密室を作り出した。しかし」

「真相を暴かれたことを知らない女は罠に嵌まり、今度こそ現行犯で逮捕された」

「これは後付けだが、『鳳』という文字が予期せぬ暗号としての機能を担っていたな」

こうして二つ目の密室が破られた。

「続く三番目の事件では当初、僕と鳳は別行動をとっていた」

古城は三枚目の写真を掲げる。

「この写真は恐竜土偶だ。その日――」

「男は無実の罪で投獄されていた。そして釈放された直後、男は女と恐竜の博覧会に赴くことになる」

「男が疑われた理由は、彼と瓜二つの鑑定士が殺人事件の有力な容疑者として挙げられていたせいだった」

他人事のように言う古城を軽く睨みつけると、

「そして男は知らされる。暗殺者がすぐそばまで迫っていることを」

「そうだ。その暗殺者は既に博覧会の会場に潜んでおり、男を捕捉していた」

獲物を静かに見つめていた暗殺者の眼。少女の虚ろな眼を思い出すたびに身の毛がよだつ。が、古城は水月の気持ちなどまったく意に介していないようだった。淡々とした口調には思いやりの欠片もない。

「暗殺者の狙いは、恐竜界の権威が鑑定士に託した情報だった。暗殺者は鞄に身を潜めており、鞄もろとも運搬されることで、防犯カメラを欺いていた。鑑定士は預かり物を然《しか》るべき機関に届けていたが」

古城はいったん言葉を切ると、

「暗殺者はなおも男を狙い続けている。そこで男と女と鑑定士は一芝居打つことで、暗殺者を誘い出し、返り討ちにすることを企てた。そして」

「計画は見事成功する。物陰から見守っていた男は、すべてが終わってからようやく変装を解くことができた」

こうして三つ目の密室が破られた。

「最後は巨石庭園だが——」

古城が切り出すと、すぐさま水月が応じる。

「ハロウィンを控えた街中で、男は鑑定士からの電話を取る。その内容は、双子が集うという鑑賞会への誘いだった」

「そこで一行は、石板のような巨石が一面に並べられた巨石庭園を目の当たりにする」

「その夜、本館に泊まっていた男は夢の中で不思議な音を聞く。それが幻だったのかはさておき、男は対岸に位置する別館が燃えていることに気付き、そして同時に、主人の死体と、庭園の中の巨石が倒れている光景を目にする」

奇《く》しくも水月がその光景の第一発見者となったわけだが、

「時を同じくして、別館では主人の双子の片割れが焼死体となって発見された。男は鑑定士と共に調査に乗り出した」

「巨石の配置には周到な計算が潜んでいた」古城が頷き、

「鑑定士は巨石がドミノ倒しになっていることを暴き、石橋として使用された巨石が谷底に沈められたことや、犯人が防犯カメラを回避して辿ったルートと、その末路を詳《つまび》らかにした。『岩』という字の中に『巨石』が隠れていたことも、実に興味深い発見だった」

「終いには、成り行きだったとはいえ、男と鑑定士はその場にいる全員を敵に回すことになり、あえなく巨石庭園から追放される」

これで四つ目の密室が破られた。

水月は溜息を吐く。

「それで古城。お前は何に気付いたんだ」

「意味もなくこれまでの鑑定を振り返ってきたわけじゃない。真実はこれまでの会話に隠されている」

古城は再び珈琲で喉を湿らせると、

「巨石庭園の事件について思い起こす中で、僕は奇妙な既視感に襲われていた。まるで、どこかで同じような事件に遭遇していたような、そんな違和感だ。そして昨夜、ようやくその真実に辿り着いた」

そして最後の密室が破られる。

「いいか、鳳。

十三髑髏の事件では、髑髏の配置が重要な役割を担っていた。

黄金シャトルの事件では、水底に証拠品が沈められ、『鳳』の字が暗号として機能した。

恐竜の事件では、犯人は防犯カメラを欺いて出入りしていた。

そして巨石庭園――。

巨石の配置が重要な役割を担い、
谷底に証拠品が沈められ、『巨石』の字が暗号として機能し、
犯人は防犯カメラを欺いて出入りしていた。

なあ、鳳。

これは本当に偶然なのか？

偶然の一言で片付けていいのだろうか」

三つの鑑定。それぞれのトリックを構成する要素の中でも、核となっていた仕掛けがすべて、最後の鑑定の中に潜んでいた。

「偶然だ」

掠れた声で水月は答える。

「偶然なのか、だと。ふざけるのも大概にしろ。問われるまでもない。これが必然だと言うなら誰が仕組んだんだよ。古城、お前か？」

水月は最悪の想像に苛まれる。

もし、たった一度見ただけで巨石の配置の真意を悟った人間がいたとしたら——。

そして、その仕掛けを横取りし、瞬時にトリックを編み出せるほどの頭脳を持った人間がいたとしたら——。

しかし、

「そんなわけないだろう」古城は一笑に付すと、

「僕も偶然だと思っている。だがな」

物憂げな古城と、目と目が合った水月は予感に震える。どうしてか、その先に続く古城の言葉を既に知っているような気がした。

「僕個人としては偶然とは思えないんだよ。君と出会ってからこの場所に至るまでの道のりがすべて、一つの線で繋がっていたとしても僕は受け入れられる。必然だったとして受け入れることができてしまうんだ」

「ああ……。俺も似たような気分だ」

これが真に偶然ならばあまりにも恐ろしい一致だ。水月は生まれて初めてオーパーツに恐怖を抱いた。

分身《ドッペルゲンガー》が出会ったあの日から、鳳水月と古城深夜という二つのＰＡＲＴＳが揃ったあの瞬間から、何かが始まってしまったのかもしれない。

一つだけ確かなことは、

——始まってしまった以上は、終わらせないといけない。

きっとこの先にも道は続いているのだろう。後はそれを受け入れるか否か。この先に待ち受けているであろう、まだ見ぬ数多のオーパーツの鑑定に、古城と並んで挑む覚悟があるかどうか。

険しい道のりになるだろう。事実、これまで鑑定の中で、水月は殺人事件の容疑者になったこともあれば、あわや命を落としかけたこともある。

魔性の至宝には死の影が潜む。その恐怖を身をもって痛感した今、水月の足が竦むのも無理からぬことだった。

——俺は——。

選択を強いられている。これまでの軌跡を認めるか、目を背けて立ち去るか。水月がここで引き返しても、古城はたった一人で歩んでいくのだろう。

古城はきっとこのために水月を呼んだのだ。

オーパーツの魔力を、恐怖を知ってなお、自分と共に歩む覚悟があるのかどうか、いや、その真偽を鑑定するために。

——俺は、どうしたらいい。

手の平に汗が滲む。

その様子を黙って見守っていた古城は、おもむろに立ち上がった。釣られて水月も腰を浮かす。

その横に古城がすれ違うようにして並び立った。水月の唇が震える。

「行くのか、古城」

どこへ、とは訊かなかった。

「ああ。君はどうする」

迷う、惑う。それでも、

水月はゆっくりと首を動かして、真正面から古城を見据えた。

覚悟は決まった。

「行くよ。どうやら俺は、俺の鑑定を始めないといけないのかもしれない」

「君が？」

僅かに首を傾げた古城に、水月は嗤って答えた。

「『場違いな工芸品《オーパーツ》をあるべき場所へと還す』。どうやら、鳳水月《俺》というオーパーツの還る場所は、古城深夜《お前》の隣みたいだ。今のところは、な」

恐怖を知っているからこそ見えることもある。恐怖も、痛みも、分かち合うことができるのだ。一人では決して立ち向かえない相手でも、二人でならきっと鑑定《勝て》できる。それに目の前のオーパーツ鑑定士《ドッペルゲンガー》が辿り着く未来。それを水月は、自分も横に立って見てみたいと——見極めてみたいと強く思った。

「そうこなくては」

古城も嗤って応じる。

「鳳、悪い貌になっているぞ」

「お互い様だ」

水月には分かっていた。鏡を見なくても分かっていた。

きっと今、自分は古城と同じ貌をしているのだ、と。

「さあ、始めようか」

「ああ」

古城は黒手袋をきっちりと締め直し、水月は身を翻して彼の横に立つ。

春は去り、夏を経て、秋を超え、冬を偲《しの》ぶ。

うららかな晩春の陽光に包まれていた、他愛のない時間は遠く過去のものとなり、日常を謳歌する二人《ドッペルゲンガー》の男の、ありふれた非日常が——

ここから始まる。

鑑定ファイル　NO・？
『分身《ドッペルゲンガー》』
鑑定開始

この物語はフィクションです。作中に同一の名称があった場合でも、実在する人物、団体等とは一切関係ありません。単行本化にあたり、第16回『このミステリーがすごい！』大賞・大賞作品『十三髑髏』を改題し、加筆しました。

第16回『このミステリーがすごい！』大賞（二〇一七年八月二十八日）

本大賞は、ミステリー&エンターテインメント作家の発掘・育成をめざすインターネット・ノベルズ・コンテストです。ベストセラーである『このミステリーがすごい！』を発行する宝島社が、新しい才能を発掘すべく企画しました。

【大賞】

十三髑髏《どくろ》　水無原崇也

※『オーパーツ　死を招く至宝』（筆名／蒼井　碧）として発刊

【優秀賞】

自白採取　田村和大

【優秀賞】

カグラ　くろきとすがや

※くろきすがやに改名

第16回の大賞・優秀賞は右記に決定しました。大賞賞金は一二〇〇万円、優秀賞は二〇〇万円をそれぞれ均等に分配します。

●最終候補作品

『十三髑髏』水無原崇也
『生態系Gメン』等々力亮
『自白採取』田村和大
『千億の夢、百億の幻』薗田幸朗
『カグラ』くろきとすがや

第16回『このミステリーがすごい！』大賞　選評

「ダークホースの大金星！　改稿の行方はいかに？」大森望（翻訳家・書評家）

まさか、『十三髑髏』が来るとは。

『このミス』大賞創設の立役者だったわれらがチャッキーこと茶木《ちゃき》則雄《のりお》氏が勇退して初めての選考会は、史上最大のサプライズに見舞われた。誰も予想しなかった意外すぎる結末。なにしろこれ、自称オーパーツ鑑定士とそのそっくりさん（ともに大学生）のコンビが主役を張る、物理トリックばりばりのぶっ飛び系本格ミステリ。まさに飛び道具という感じで、最終候補最後のひと枠にギリギリで滑り込んだ作品だったのである。M-1グランプリで言えば、敗者復活から勝ち上がったそのままの勢いで本選の優勝をさらった第11回のトレンディエンジェルみたいな感じ？　中でも、第一話と第二話のバカバカしいまでに単純かつ美しい、しかも本格愛にあふれた物理トリックがすばらしく、二次選考でも最終選考でも、結局、『十三髑髏』の話がいちばん盛り上がった。

　問題は、いちばん長くていちばんシリアスな最終話の出来が悪いこと。四段目で豪快に階段を踏み外して転落したというか、ネタが飛んでリカバーできなかったというか、華麗な着地を目指して派手に失敗した観がある。しかし、筆力も本格力もあるんだから、いまから最終話をまるごと差し替えることも可能なんじゃないか。そもそも『このミス』大賞の場合、第1回大賞（銀賞）の東《ひが》山彰良《しやまあきら》『逃亡作《とうぼうさ》法《ほう》』以来、大幅改稿を前提にした冒険的な授賞は伝統の一部。よし、可能性に賭《か》けよう！

　——ということで、侃々諤々《かんかんがくがく》の大議論を経て、ついに『十三髑髏』が大賞に決定。読めばわかる通り、どう見てもメフィスト賞を受賞して講談社ノベルスから出るタイプのミステリなんですが、聞くところによると、ずっとメフィスト賞に応募していたのに全然ひっかからず、本書の原型になった原稿も同賞の一次落ちだったらしい。いったいどっちの判断が正しかったのか？　答えを出すのは（これから必死で改稿することになる著者と、刊行される受賞作を読む）あなたたちです！

　この『十三髑髏』旋風の前に優秀賞に甘んじたのが、エンターテインメントとして完成度の高い（ほとんどそのまま本にできそうな）二作。

最終選考第一回投票の点数では『十三髑髏』をわずかに上回っていた『カグラ』は、バイオＳＦサスペンスとして非常によくできている。トマトのウイルス病から出発してだんだん話が大きくなり、ついには世界全体を滅ぼしかねない巨大な危機に主人公が立ち向かうことになる展開も上々で、それこそ藤井《ふじい》太洋《たいよう》のデビュー長編『Gene Mapper』を思い出したくらいだが、登場人物が類型的だとか、悪役登場以降の展開がパターン通りだとかの欠点を指摘され、一歩及ばず優秀賞という結論になった。

田村和大『自白採取』はたいへん完成度の高い、しっかりした書きっぷりの警察小説で、新人とは思えないほど堂に入ったストーリーテリングも含め、じゅうぶん商業出版レベルに達している。途中、おいおい大丈夫かよと思うところがあるんですが、扱いのむずかしい題材をうまく処理して、サプライズと納得感のある結末に導く。群雄割拠の警察小説界でも、即戦力として期待できそうな才能だ。

残る二作も、欠点はあるがそれぞれに面白い。等々力亮『生態系Ｇメン』はメインのネタが外来の危険昆虫ということで、たいへんタイムリーな作品じゃないかと思ったが、川瀬《かわせ》七緒《ななお》『法医昆虫学捜査官』と設定がかぶるという指摘があり（二次選考でも同様の指摘がありました）、大賞には推しにくいという結論に。編集部の支持率は非常に高かったし、題材はものすごく魅力的なので、これもぜひ本にしてほしい。

薗田幸朗『千億の夢、百億の幻』は、ＡＩを教育する話に殺人がからむ。ＳＦ方面では、この種の題材はさんざん描かれていて、ＡＩに小説を書かせるという趣向にも先行作があるし（長谷《はせ》敏司《さとし》『あなたのための物語』とか）、作中で触れられているとおり、現実の世界でも、ＡＩが書いた（ただし人間の手も入っている）応募作が日経「星新一《ほししんいち》賞」の一次選考を通過したというニュースが昨年大きく報じられた。そういう現状を踏まえたうえで書いたにしては作中のＡＩが優秀すぎるのだが、そこには目をつぶって、話作りのうまさを評価した……が、人間がらみのエピソードやキャラクターについても異論が出て、早い段階で大賞候補から外れることに。なんとか欠点を修正して、出版に漕ぎつけることを祈りたい。

ということで、いずれもハイレベルで個性的な五作の中で、もっとも個性的な作品が大賞に輝いた。『このミス』大賞の歴代大賞受賞作にはまったく似たものがないので、読者のみなさんにどう受けとめられるか、そもそもこれからの改稿がはたしてうまくいくのか、かつてないほどハラハラドキドキしている。乞うご期待。

「どれも刊行可能レベル　佳作揃いの最終選考」香山二三郎（コラムニスト）

今年の最終候補作は二作減って五作。二次選考でうまく票がまとまってよかったよかったと思ったのも束の間、やがて誤解だったことが判明するのだが、詳細は後述するとして、いつものように読んだ順に講評を。

まず等々力亮『生態系Gメン』は環境省の外郭団体「生物多様性監視機構」に瀬戸《せと》内《うち》の島でシジミチョウの一種が激減しているとの報が入り、職員の桐生律子《きりゅうりつこ》と新人の宇土《うど》育夫《いくお》が現地に飛ぶ。地元ではスズメバチの犠牲者も出ていたが、不審な点は見つからない。だがやがて老人が昆虫らしき生物に襲われて亡くなる事件が起きる。

主役コンビが河川敷で調査をしている出だしから、こなれた語りが印象的。と同時に、既存のミステリー作品と作風が似ていることにも気づかされる。川瀬七緒の法医昆虫学捜査官シリーズだ。語りもキャラ造形もプロはだしだが、川瀬作品をしのぐ決め技に欠けるというか、そもそも実力派の人気作と比べられてだいぶ損することになった。授賞は無理でも隠し玉の資格は充分あり。

水無原崇也『十三髑髏』は場違いの工芸品オーパーツの鑑定士を自称する男子学生とその瓜二つの相棒がオーパーツ絡みの犯罪事件に挑む連作スタイルの本格もの。主人公・古城深夜《こじょうしんや》と鳳水月《おおとりすいげつ》の掛け合い漫才が面白く、水晶髑髏が集められた邸で殺人が起きる冒頭の表題作も島《しま》田《だ》荘司《そうじ》ばりの仕掛けでインパクト充分。四話構成で最後のほうはオーパーツの鑑定話とはずれていってしまうが、アイデアは豊富のようだし、作者の年齢を考えてもこの先の活躍が期待出来そうだ。優秀賞の有力候補か。

田村和大『自白採取』は警察捜査小説。モデル殺しを捜査していた警視庁捜査一課の飯綱《いづな》知哉《ともや》は、出頭した容疑者に異議を唱え捜査から外される。あてがわれた交通事故の捜査は、バイオテクノロジーを研究する会社の車から男が飛び出し対向車とぶつかったが、再び車で連れ去られたというもの。社用車の盗難届を出した八ヶ《やつが》岳《たけ》の研究所に赴いた飯綱は所長たちの虚偽を見抜き、程なく四谷《よつや》の施設から事故被害者を保護するが……。

飯綱が腕利き捜査官ぶりを発揮する前半は快調のひと言。保護された少年のDNAに関わる謎《なぞ》が呈示されるところにも興奮させられたが、手垢のついた題材に興醒め。それを使った策略にはヒネリが効いていて、表題の意味にも納得させられるが、いちど醒めたものは元に戻らなかった。警察小説の新たな書き手としては期待が持てるし、これまたいい隠し玉になりそう。

薗田幸朗『千億の夢、百億の幻』はのっけから時間を止める少年が登場するＳＦサスペンス。その少年「ぼく」の「学生時代」の章と、大企業で人工知能を研究する新谷《あらや》直人《なおと》の開発譚――「現在」の章と、新谷の一人称で生活が綴られる「研究ノート」の三部構成になっていて、各々がどう収れんしていくかがポイントだ。各パートでも、うぶい恋愛譚《たん》あれば、ＡＩの暴走劇あり、ＡＩに小説を書かせる小説内創作もありといった具合に、多彩な趣向で読者を引っ張っていく。選考会では大森望にリアリティなしとばっさり斬られてしまったが、ワタクシ的には実現は遠い先でも可能性さえあれば、ＡＩに小説を書かせるのもありだ。

この作者については、何よりもまず昨年最終候補となった国際冒険小説から作風をガラリと変えてみせたことに拍手。哀切なラストもいいし、これを推さずして何を推すのかというわけで、今回のイチオシはこれ。

最後のくろきとすがや『カグラ』は『生態系Ｇメン』の植物版というか、九州でトマトが枯死する病気が流行り、帝都大学の植物病理学者・安藤仁《あんどうじん》が農林水産省に請われ現地調査するところから始まる。安藤は発見したウイルスの分析を天才バイオハッカー「モモちゃん」の協力で進めるが、そんな折り、トマト製品等の製造販売会社クワバの研究所に勤める旧友が変死。彼は熟さず腐りもしない新種カグラを研究していたが……。

ということで、こちらは永井《ながい》するみのデビュー作『枯《か》れ蔵《ぐら》』を髣髴《ほうふつ》させる農業系サスペンスだ。バイオテクノロジーを駆使した新種開発戦の黒い内幕を国際謀略も絡めて手際よくまとめた作品で、あっと驚く趣向や展開はないものの、モモちゃんの主役を食う活躍もあったりして、これまた優秀賞候補。

いろいろいちゃもんをつけましたが、今回は佳作揃《ぞろ》いで気をよくして選考会に臨んだ。――が、結果は予想に反して票が割れた。後で聞いたら、二次選考でもやはり割れたが、割れかたがよかったのだとか。何だそれ。かくてひとりも×を付けなかった『十三髑髏』が再浮上、作者の将来性も買っての授賞と相成った。薗田作品は授賞に至らず申し訳ないが、その実力の程は文庫化されたあかつきに直にお確かめいただきたい。

「〝オーパーツ〟探偵がさらなる高みへ大化けすることに賭けて」吉野仁（書評家）

二〇一七年は、江戸川乱歩《えどがわらんぽ》賞を筆頭に、横溝正史《よこみぞせいし》ミステリ大賞、新潮《しんちょう》ミステリー大賞など公募のミステリー系小説新人賞がのきなみ「受賞作なし」となった年だ。十六回目を迎える本賞は果たしてどうか。しかも本賞の設立者にして選考委員のひとり茶木氏が抜けてから初めての回である。

結果から言えば、選考委員三人それぞれの強く推す作品とまったく評価しない作品がきれいに分かれてしまった。そのため、欠点難点は指摘されながらも総合的に支持された『十三髑髏』が条件付きでの受賞作となったのだ。

その『十三髑髏』は、オーパーツ鑑定士である若者が名探偵役として登場し、彼と瓜二つの顔をした男が相棒役となる本格探偵小説。四つの事件が扱われた連作集だ。およそ虚構性が強く、いささか戯画化された作品設定ながら、その独特な世界観や個性的なキャラ、風変わりな事件に軽妙でテンポのいい話運びなど、すべてがバランスよく読ませていく。とくに三話までがいい。大学生にして謎の物体（オーパーツ）をめぐり世界を駆けまわったり、富豪から鑑定依頼に別荘へ招かれたりするなど、つっこみたくなる部分もいくつかあるが、そういう指摘が野暮に思えるほど読ませる力がある。それぞれ蘊蓄《うんちく》はもちろん、奇抜なトリックを問答無用で愉しんだ。しかし、二次予選でも指摘されたとおり、ドイツが舞台でグリム童話がらみの猟奇連続殺人をあつかった最終話だけは前の三話から見ればいささか異質な感触が強い。大がかりな話にするため、強引な意外性決着をつくった感がぬぐえないのだ。このままでは大賞受賞は難しい。ならば、この最終話を全面的に書き換え、それで水準をこえるならば文句あるまい、ということで大賞決定となった。他の候補作の評価がそれぞれバラバラとなったのも本作が受賞した要因かもしれないが、決して単なる消去法で選ばれたわけではない。作者は書き直しの要望にこたえ、より傑作に仕上げる実力を十分に持っているに違いない。

次に、残念ながら優秀賞にとどまった『自白採取』。これは殺人および奇妙な誘拐事件から始まる警察小説である。捜査ものとしての読みごたえがあるうえ、きわめて大胆な事件を扱った驚きとともに、作品そのものから熱気や迫力が伝わってきた。ゆえにわたしは高得点を与えた。ただし文句なしの最高点A評価とは言えず、いくつかのご都合主義的な展開が気になったのに加え、ところどころ長い科白が続くなど構成の粗さを感じた。娯楽小説ならではの読みやすさに気をくばり、強弱のアクセントをつけ、先を読ませるためのサスペンス手法をより徹底的にこころがければ最強だろう。そうなれば、新たなる警察小説の書き手として活躍することは必至だ。

もう一作の優秀賞『カグラ』は、トマトが枯死する原因を植物病理学者の主人公が探っていくと恐ろしい事件に巻き込まれていくサスペンス。わたしは残念ながらいまひとつの評価だった。登場人物の造型があまりに類型的だったり、都合よすぎたりするところが難。とくにゲイである天才バイオハッカーの超人的な仕事により、みな解決してしまうとの展開はあまりに安易で乱暴すぎないか。背後の陰謀、もしくは暴漢の襲撃など、なにか現実味に乏しく感じられた。それでも小説自体は全体的にしっかりと書かれている。欠点を直し、細部を磨き、より面白い作品へ仕上げることを期待したい。

受賞とはならなかった二作のうち『生態系Gメン』は、希少な動植物の保護や外来種の防除などを行う独立行政法人の職員コンビが活躍する物語であり、瀬戸内海の小さな島で起きた事件をめぐるサスペンスだ。希少生物もしくは外来生物に関する蘊蓄や展開は興味深く面白いものの、地方の島の実情にからんだ事件および人間ドラマの部分がやや弱く感じられた。また選考会では、類似した題材を扱っている作品として、川瀬七緒による〈法医昆虫学捜査官〉シリーズの話題が出た。特殊で目新しい題材をテーマにするだけではなく、いかにミステリーやサスペンスとして面白く展開させるか、参考にしてほしい。

『千億の夢、百億の幻』に関しては、もっとも肝心な「AIがミステリーを書く」部分の安易さ、冒頭で示される「ここぞというときに物が止まって見える」能力の扱い、殺意の動機が弱いのではという疑問、さして重要とは思えないエピソードが長く濃く描かれる不自然さなど、問題点がいくつもあり、厳しい評価となった。簡単に言えばご都合主義すぎるという指摘だ。アイデアに説得力をもたせる工夫と全体の構成を考えていただきたい。

インターネットでエンターテイン

このミステリーがすごい!

大賞賞金

第17回『このミステリーがすごい!』大賞

募集要項

○本大賞創設の意図は、面白い作品・新しい才能を発掘・育成する新しいシステムを構築することにあります。ミステリー&エンターテインメントの分野で渾身の一作を世に問いたいという人や、自分の作品に関して書評家からアドバイスを受けてみたいという人を、インターネットを通して読者・書評家・編集者と結びつけるのが、この賞です。
○『このミステリーがすごい!』など書評界で活躍する著名書評家が、読者の立場に立ち候補作を絞り込むため、いま読者が読みたい作品、関心をもつテーマが、いち早く明らかになり、作家志望者の参考になるのでは、と考えています。また1次選考に残れば、書評家の推薦コメントとともに作品の冒頭部分がネット上にアップされ、読者の感想およびプロの意見を知ることができます。これも、作家をめざす皆さんの励みになるのではないでしょうか。

【主　催】**株式会社宝島社**

【募集対象】**エンターテインメントを第一義の目的とした広義のミステリー**
『このミステリーがすごい!』エントリー作品に準拠、ホラー的要素の強い小説やSF的設定をもつ小説でも、斬新な発想や社会性および現代性に富んだ作品であればOKです。
また時代小説であっても、冒険小説的興味を多分に含んだ作品であれば、その設定は問いません。

【原稿規定】**❶40字×40行で100枚~163枚の原稿**（枚数厳守・手書き原稿不可）
○タテ組40字×40行でページ設定し、通しノンブルを入れる
○マス目・罫線のないA4サイズの紙を横長使用しプリントアウトする
○A4用紙を横に使用、縦書という設定で書いてください
○原稿の巻頭にタイトル・筆名（本名も可）を記す
○原稿がバラバラにならないように右側をダブルクリップで綴じる
※原稿にはカバーを付けないでください。
また、送付後、手直しした同作品を再度、送らないでください（よくチェックしてから送付してください）

❷1600字程度の梗概1枚（❶に綴じない）
○タテ組40字詰めでページ設定し、必ず1枚にプリントアウトする
○マス目・罫線のないA4サイズの紙を横長使用しプリントアウトする
○巻頭にタイトル・筆名（本名も可）を記す

❸応募書類（❶に綴じない）
ヨコ組で①タイトル　②筆名もしくは本名　③住所　④氏名　⑤連絡先（電話・E-MAILアドレス併記）
⑥生年月日・年齢　⑦職業と略歴　⑧応募に際しご覧になった媒体名、以上を明記した書類（A4サイズの紙を縦長使用）を添付。

※❶❷に関しては、1次選考を通った作品はテキストデータも必要となりますので(原稿は手書き不可、E-mailなどで送付)、テキストデータは保存しておいてください(1次選考の結果は【発表】の項を参照)。最初の応募にはデータの送付は必要ありません

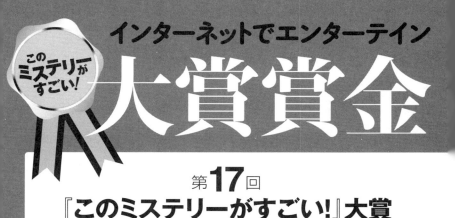

蒼井 碧（あおい ぺき）
1992年、ドイツ・デュッセルドルフ市生まれ、東京都在住。上智大学法学部法律学科卒業（民法専攻）。現在、リース会社に勤務。

『このミステリーがすごい！』大賞　http://konomys.jp

オーパーツ　死《し》を招《まね》く至宝《しほう》

2018年2月1日　第1刷発行

著　者：蒼井 碧
発行人：蓮見清一
発行所：株式会社宝島社
〒102-8388 東京都千代田区一番町25番地
電話：営業　03(3234)4621／編集　03(3239)0599
http://tkj.jp
組版：株式会社明昌堂
印刷・製本：サンケイ総合印刷株式会社

Printed in Japan
ISBN 978-4-8002-7936-1

『このミステリーがすごい！』大賞 シリーズ

宝島社文庫

がん消滅の罠

《第15回 大賞》

完全寛解《かんかい》の謎

夏目医師は生命保険会社に勤める友人からある指摘を受ける。夏目が余命半年の宣告をしたがん患者が、生前給付金を受け取った後も生存、病巣も消え去っているという。同様の保険金支払いが続けて起き、今回で四例目。不審に感じた夏目は、連続する奇妙ながん消失の謎に迫っていく――。

岩木《いわき》一麻《かずま》

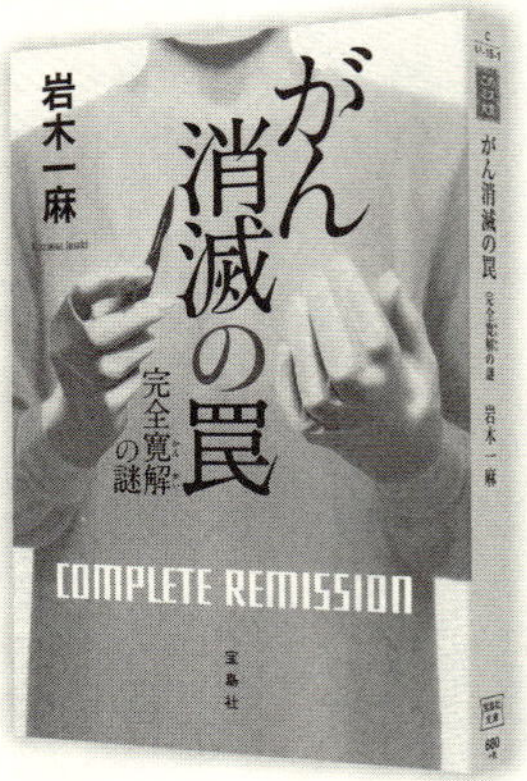

定価：本体680円＋税